Nunca nunca

3

Nunca nunca

3

COLLEEN HOOVER
TARRYN FISHER

🌐 Planeta

Título original: *Never Never 3*

© 2016, Colleen Hoover y Tarryn Fisher

Esta edición es publicada por acuerdo con Dystel, Goderich & Bourret LLC, a través de International Editors y Yáñez' Co.

Diseño de portada: Planeta Arte & Diseño
Fotografía de portada: Sarah Hansen / Okay Creations
Diseño e lustraciones de interiores: Carmen Irene Gutiérrez Romero

Traducción: Eloy Pineda Rojas

Derechos reservados

© 2023, Editorial Planeta Mexicana, S.A. de C.V.
Bajo el sello editorial PLANETA M.R.
Avenida Presidente Masarik núm. 111,
Piso 2, Polanco V Sección, Miguel Hidalgo
C.P. 11560, Ciudad de México
www.planetadelibros.com.mx

Primera edición impresa en México: febrero de 2023
ISBN Obra completa: 978-607-07-9676-0
ISBN Volumen III: 978-607-07-9679-1

Impreso en los talleres de Litográfica Ingramex, S.A. de C.V.
Centeno núm. 162-1, colonia Granjas Esmeralda, Ciudad de México
Impreso y hecho en México - *Printed and made in Mexico*

Para Jo Popper

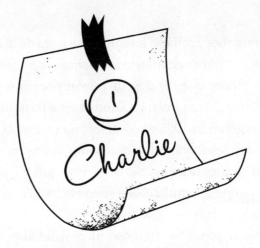

Charlie

Lo primero que percibo son fuertes palpitaciones en el pecho. Son tan rápidas que me producen dolor. ¿Por qué un corazón late con tal furia? Respiro profundo por la nariz y, al exhalar, abro los ojos.

Entonces me echo hacia atrás.

Por fortuna, estoy en una cama y caigo sobre un colchón. Me alejo rodando de un sujeto que está a mi lado mirándome con intensidad y me levanto velozmente. Entrecierro los ojos para verlo bien al tiempo que retrocedo. Él no se mueve. Las contracciones de mi corazón se aligeran un poco. «Un poco».

Es joven. Aún no es un hombre, tendrá entre dieciocho y veintitrés años. Siento la urgencia de salir corriendo. Una puerta… necesito encontrar una puerta; pero, si aparto los ojos de él, podría…

—¿Quién demonios eres? —pregunto.

No importa quién sea. Sólo debo distraerlo en lo que encuentro una manera de salir de aquí.

Él permanece callado mientras me mira de arriba abajo.

—Estaba por preguntarte lo mismo —responde.

Su voz hace que me deje de mover por unos segundos. Es profunda… tranquila. Profundamente tranquila. Tal vez estoy exagerando. Quiero contestar (lo que sería razonable cuando te cuestionan sobre quién eres), pero no puedo.

—Yo te pregunté primero. —¿Por qué mi propia voz resulta tan poco familiar? Me sobo el cuello con la mano.

—Yo… —duda—. ¿No lo sé?

—¿No lo sabes? —digo con incredulidad—. ¿Cómo es eso posible?

Al fin encuentro la puerta y me voy acercando a ella poco a poco, sin quitarle los ojos de encima al chico. Está de rodillas en la cama, parece alto. Sus hombros son anchos y la playera que viste le queda ajustada. Dudo que pudiera luchar con él para zafarme si se me acercara. Mis muñecas parecen pequeñas. ¿*Parecen* pequeñas? ¿Por qué no sabía que mis muñecas *son* pequeñas?

Ahora es cuando. Tengo que hacerlo.

Me precipito hacia la puerta. Está a unos metros; si logro abrirla, podré correr en busca de ayuda. Lanzo un grito mientras corro: es desgarrador y lastima los oídos. Pongo la mano sobre el picaporte y volteo hacia atrás para ver dónde está el muchacho.

Sigue en el mismo lugar, con las cejas alzadas.

—¿Por qué gritas?

Me detengo.

—¿Por qué… por qué no vienes por mí?

10

Estoy frente a la puerta. Técnicamente podría abrirla y salir corriendo antes de que él se levante de la cama. Sabe eso, *yo* también lo sé, ¿por qué no trata de detenerme?

Se frota la cara con una mano y sacude la cabeza, suspirando con intensidad.

—¿Cómo te llamas? —me pregunta.

Abro la boca para espetarle que no es asunto suyo, pero me doy cuenta de que no lo sé. No sé cuál es mi maldito nombre.

En ese caso…

—Delilah.

—¿*Delilah…*? —repite de forma interrogativa.

Está muy oscuro, pero podría jurar que sonríe.

—Claro… ¿no es lo suficientemente agradable para ti?

Sacude la cabeza.

—Delilah es un nombre perfecto —comenta—. Escucha… *Delilah*, no sé con exactitud qué hacemos aquí, pero justo detrás de tu cabeza hay una hoja de papel pegada en la puerta. ¿Puedes arrancarla y ver qué dice?

Temo que si le doy la espalda me atacará. Así que estiro una mano hacia atrás, sin mirar, y trato de localizar la hoja con el puro tacto. La arranco y la pongo frente a mi cara.

¡Charlie! ¡No abras todavía esta puerta! Ese tipo en el cuarto contigo… puedes confiar en él. Regresa a la cama y lee todas las notas. Te ayudarán a entender.

—Creo que es para ti —le digo—. ¿Te llamas Charlie?

—Veo de nuevo al muchacho en la cama. También está leyendo algo. Me acerca un pequeño rectángulo blanco de plástico.

—Mira —dice.

Doy un paso hacia él, luego otro y otro. Es una licencia de manejo. Analizo la fotografía y, luego, su cara. La misma persona.

—Si tú te llamas Silas, ¿quién es Charlie?

—Tú —afirma.

—¿*Yo*?

—Sí.

Se agacha para recoger una hoja, arrancada de una libreta, de la cama.

—Eso dice aquí. —Me muestra el papel y yo le devuelvo su licencia de conducir.

—Charlie no es un nombre femenino —reprocho.

Empiezo a leer lo que está escrito en las notas; todo lo demás deja de existir. Me derrumbo con pesadez y me siento en la orilla de la cama.

—¿Qué diablos?

El chico llamado Silas también lee. Sus ojos recorren las hojas que sostiene frente a su cara. Le lanzo algunas miradas, eso provoca que mi corazón lata un poco más deprisa.

Continúo leyendo. Me confundo más y más. Supuestamente, las notas son para mí y este tipo, pero no tienen el más remoto sentido. Tomo una pluma cercana y copio el texto de la hoja que encontré tras la puerta, para contrastar si en verdad yo la escribí.

La escritura coincide a la perfección.

—¡Guaaaaaauuuuu! —exclamo—. ¡Esto es una locura! —Dejo la hoja y sacudo la cabeza. ¿Cómo puede ser verdad algo de esto? Es como leer una novela. Recuerdos perdidos, padres que traicionan a sus familias, tarot. «Dios mío». De pronto siento ganas de vomitar.

¿Por qué no sé quién soy? ¿Qué hice ayer? Si lo que dicen estas notas es cierto…

Justo cuando voy a externar mis preocupaciones, Silas me entrega otra hoja.

Sólo cuentan con cuarenta y ocho horas. No desperdicien tiempo pensando por qué no recuerdan cosas ni en lo extraño que se siente todo. Concéntrense en descubrir los motivos antes de que olviden de nuevo.

Charlie

Es mi letra de nuevo.

—Soy convincente —digo.

Él asiente.

—En ese caso… ¿dónde estamos?

Doy una vuelta completa. Me topo con los alimentos recién comidos en la mesa. Silas señala uno de esos papeles doblados por la mitad que colocan como una pirámide sobre las mesas de noche. Un hotel. En Nueva Orleans. «Estupendo».

Me acerco a la ventana para echar un vistazo afuera cuando alguien llama a la puerta. Ambos nos congelamos y miramos en esa dirección.

—¿Quién? —grita Silas.

—¡Soy *yo*! —contesta una voz.

Silas me hace una seña con la mano para que me pare al otro extremo del cuarto, lejos de la puerta. No obedezco.

Me conozco a mí misma desde hace pocos minutos, pero me doy cuenta de que soy obstinada.

Silas quita el pasador y abre la puerta un poco. Del otro lado se asoma una cabeza de pelo café enmarañado.

—Oye —dice el chico—. Ya regresé. A las once y media, tal como me lo pediste.

Tiene las manos dentro de los bolsillos y su cara está enrojecida, como si hubiera corrido. Lo miro a él y luego a Silas. Se parecen.

—¿Se conocen? —pregunto.

El muchacho que es una versión juvenil de Silas asiente.

—Somos hermanos. —Señala primero a Silas y luego a sí mismo—. Soy tu hermano —reafirma, observando a Silas.

—Si tú lo dices —comenta Silas con una leve mueca en el rostro. Nos mira alternativamente a su supuesto hermano y a mí—. ¿Te molesta si echo un vistazo a tu identificación?

El chico entorna los ojos, pero saca una cartera de su bolsillo trasero.

—Me gusta ese increíble movimiento de ojos que haces —expresa Silas mientras abre la cartera.

—¿Cómo te llamas? —le pregunto con curiosidad.

Él ladea la cabeza, entrecerrando los ojos.

—Soy Landon —me dice, como si debiera saberlo—. El guapo de los hermanos Nash.

Sonrío levemente, Silas revisa la identificación de Landon. Es un buen chico, se nota en su mirada.

—Y bien —comento, observando a Silas—, ¿tú tampoco sabes quién eres? ¿Y tratamos de descubrir esto juntos? ¿Y cada cuarenta y ocho horas volvemos a olvidar?

—Así es —responde—. Parece que es lo que sucede.

Esto se siente como un sueño, no como la realidad.

Se me ocurre entonces la idea: «estoy soñando». Estallo en risas, justo al momento en que Landon me entrega una bolsa. Creo que mi risa lo toma por sorpresa.

—¿Qué es esto? —interrogo, mientras la abro.

—Me pediste una muda de ropa.

Miro la bata que traigo puesta.

—¿Por qué estoy vestida así?

Él se encoge de hombros:

—Es lo que vestías anoche cuando Silas te encontró.

Silas me abre la puerta del baño. La ropa aún trae las etiquetas, así que se las quito y me cambio. Un bonito *top* negro de mangas largas y unos *jeans* que se ajustan como si estuvieran hechos a mi medida. «¿Quién recibe ropa nueva en los sueños?».

—¡Me encanta este sueño! —vocifero a través de la puerta del baño.

Cuando termino de vestirme, salgo y aplaudo.

—Muy bien, chicos. ¡¿A dónde vamos?!

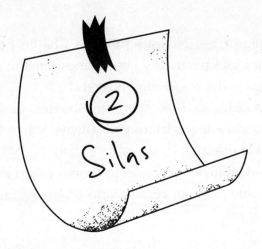

2
Silas

Reviso rápidamente el cuarto una vez que Charlie y Landon han salido. Saco la bolsa vacía del pequeño cesto de basura debajo del escritorio y meto en ella todas nuestras notas. Cuando estoy seguro de que tengo todo, los alcanzo afuera.

Charlie todavía sonríe cuando llegamos al carro. Ella honestamente quiere creer que esto es un sueño, y yo no tengo corazón para decirle que no lo es. En realidad es una pesadilla que hemos revivido durante más de una semana.

Landon se sube al carro, pero Charlie me espera junto a la puerta trasera.

—¿Quieres ir adelante, con tu *hermano*? —pregunta, haciendo con los dedos en el aire la señal de comillas.

Niego con la cabeza y paso la mano detrás de ella para abrir la puerta.

—No, tú puedes ir adelante. —Ella empieza a darse la vuelta cuando la tomo por el brazo. Me inclino sobre su oído y susurro—. No estás soñando, Charlie. Esto es real. Algo nos está pasando y necesitamos tomarlo con seriedad para poder resolverlo, ¿no crees?

Retrocedo, sus ojos están muy abiertos. La sonrisa ha desaparecido de sus labios y no asiente. Sólo sube al auto y cierra la puerta.

Tomo mi lugar en el asiento trasero y saco mi teléfono del bolsillo. Hay un recordatorio programado en él, así que lo abro.

Vayan primero a la comisaría. Recuperen la mochila y lean la mayor cantidad de notas y entradas que puedan... lo más rápido posible.

Cierro el recordatorio. Sé que recibiré unos cinco más en las siguientes dos horas... porque recuerdo que programé cada uno de ellos anoche.

Recuerdo que escribí las notas que guardé en esta pequeña bolsa de basura del hotel, que traigo apretada con fuerza en la mano.

Recuerdo que sostuve la cara de Charlie justo antes de que el reloj marcara las 11:00 a. m.

Susurré «Nunca, nunca», justo antes de besarla.

Algunos segundos después nuestros labios se rozaron... ella retrocedió y no tenía idea de quiénes somos. No recordaba nada de las últimas cuarenta y ocho horas.

Pero... yo sí recordaba cada minuto de los últimos dos días.

Sólo que no podía confesarle la verdad. No quería asustarla. Hacerle creer que me encontraba en la misma situación que ella me pareció la opción más sensata.

No sé por qué esta vez no olvidé; tampoco por qué ella sí perdió sus recuerdos. Debería sentirme aliviado de que la pesadilla se haya acabado para mí, pero no me siento así en absoluto. Estoy decepcionado. Hubiera preferido perder la memoria de nuevo, junto con ella, en lugar de estar solo en esto. Por lo menos, cuando compartíamos la desgracia, sabíamos que era algo que descubriríamos juntos.

Lo que parecía tener un patrón ahora se ha roto, siento como si esto dificultara más la solución. ¿Por qué quedé fuera esta vez? ¿Por qué ella no? ¿Por qué siento que no soy honesto con Charlie? ¿Siempre he cargado con esta culpa?

Todavía no sé quién soy o quién solía ser. Sólo recuerdo las últimas cuarenta y ocho horas, lo que no es mucho. Pero, incluso así, es mejor que la única media hora que tiene Charlie.

Debería ser honesto con ella, pero no puedo. No quiero que se asuste e intuyo que, para que continúe serena, lo mejor es que no se sienta sola en esto.

Landon echa algunas miradas hacia atrás, a mí, y luego a ella. Sé que cree que hemos enloquecido. En realidad *sí*, pero no de la manera en que él piensa.

No estaba seguro de que vendría esta mañana, como le pedí, porque todavía tiene sus dudas. Me agrada que desconfíe de nosotros, pero aún más que su lealtad hacia mí se imponga sobre su razonamiento. Estoy seguro de que no muchas personas tienen esa cualidad.

Casi todo el camino a la estación de policía transcurre en silencio, hasta que Charlie se voltea hacia Landon y lo interroga:

—¿Cómo sabes que no te estamos mintiendo? ¿Por qué nos das por nuestro lado?, ¿no tienes algo que ver con lo que nos pasa? —Ella sospecha más de él que de mí.

Landon aprieta el volante y me mira por el retrovisor.

—Yo no sé si mienten. Por lo que he visto, se están divirtiendo con esto. Noventa por ciento de mí piensa que ustedes dos están llenos de mierda y no tienen nada mejor que hacer. Cinco por ciento de mí cree que tal vez dicen la verdad.

—Eso sólo suma noventa y cinco por ciento —reprocho desde el asiento de atrás.

—Eso es porque el cinco por ciento restante piensa que *yo soy* el que está loco —se sincera.

Charlie se ríe.

Nos detenemos frente a la estación de policía y Landon se estaciona.

—Sólo para tener las cosas en claro —comenta Charlie, antes de que él apague el carro—, ¿qué debo decir? ¿Que vengo por mi mochila?

—Iré contigo —propongo—. La nota dice que todos piensan que estás desaparecida y que yo soy el principal sospechoso. Si entramos juntos, no tendrán razón para continuar con esa teoría.

Ella sale del coche.

—¿Por qué no simplemente les confesamos lo que está pasando? —sugiere, mientras entramos en la estación—. Que no podemos recordar nada.

Me detengo en la puerta.

—Porque, Charlie, nos advertimos específicamente en las notas que no debíamos hacer eso. Yo confío más en nosotros mismos, aunque no recordemos, que en personas que no nos conocen en absoluto.

Ella asiente.

—Buena idea —confirma. Se detiene y ladea la cabeza—. Me pregunto si eres inteligente.

Su comentario me hace esbozar una sonrisita.

No hay nadie en la recepción. Me acerco a una ventana de vidrio. Tampoco hay nadie detrás del escritorio, pero sí un intercomunicador, que truena al cobrar vida en cuanto aprieto el botón.

—¿Hola? —pregunto—. ¿Hay alguien aquí?

—¡Ya voy! —Escucho el grito de una mujer. Unos segundos después, aparece. Sus ojos se alarman cuando nos ve a Charlie y a mí.

—¿Charlie? —comenta asombrada.

Charlie asiente, retuerce sus manos con nerviosismo.

—Sí —afirma—. Vengo por mis cosas. Una mochila.

La mujer la observa por unos segundos, especialmente se fija en sus manos. Por su postura, Charlie aparenta nerviosismo… como si ocultara algo. La mujer dice que irá a ver qué puede hacer y desaparece de nuevo detrás del escritorio.

—Trata de relajarte —susurro a Charlie—. No hagas parecer como si te obligara a esto. Ya sospechan de mí.

Charlie dobla las manos encima de su pecho, asiente y luego se lleva un pulgar a la boca. Empieza a morderse la yema.

—No sé cómo lucir relajada —advierte ella—. *No* estoy relajada. Estoy endiabladamente confundida.

La mujer no regresa, pero se abre una puerta a nuestra izquierda y un policía uniformado aparece en el umbral. Mira a Charlie y luego a mí. Nos hace una seña con la mano para que lo sigamos.

Entramos en una oficina y el oficial se sienta detrás de un escritorio. Mueve la cabeza en dirección a las dos sillas frente a él, así que ambos tomamos asiento. No se ve feliz. Se inclina hacia nosotros y se aclara la garganta.

—¿Sabe cuántas personas la están buscando en este momento, jovencita?

Charlie se pone rígida. Puedo sentir la confusión que brota de su interior. Aún trata de asimilar lo que ha sucedido en la última hora, así que respondo.

—Realmente lo sentimos —expreso. Los ojos del policía permanecen en Charlie por unos segundos y luego se deslizan hacia mí—. Tuvimos una pelea. Ella decidió apartarse unos días para procesar todo. No imaginó que la buscarían ni que la reportarían como desaparecida.

El agente parece aburrirse conmigo.

—Aprecio su capacidad para responder por su novia, pero me gustaría escuchar lo que tiene que decir la señorita Wynwood. —Se pone de pie, elevándose sobre nosotros, y me señala la puerta—. Espere afuera, señor Nash. Quiero hablar con ella a solas.

«Mierda».

No quiero dejarla con él. Titubeo, pero Charlie coloca una mano tranquilizadora en mi brazo.

—Está bien. Espera afuera —me pide.

La miro de cerca, parece confiada. Me levanto, un poco a fuerzas; la silla hace un horrible sonido cuando la arrastro hacia atrás. Al policía no le dedico ni una mirada. Salgo, cierro la puerta detrás de mí y camino de un lado a otro por el vestíbulo.

Charlie sale unos minutos después con la mochila al hombro y una sonrisa de satisfacción en la cara. Le devuelvo el gesto. Nunca debí suponer que sus nervios la traicionarían. Es la cuarta vez que empieza de cero y siempre ha salido con bien. Ahora no tendría por qué ser diferente.

Cuando regresamos al coche, ella no se sienta adelante.

—Vámonos atrás para poder revisar todo esto —indica.

Landon de por sí está molesto porque considera que hemos alargado demasiado lo que él considera una mala pasada; ahora se enoja más porque lo obligamos a ser nuestro chofer.

—¿Adónde vamos? —pregunta.

—Sólo conduce mientras descubrimos adónde queremos ir —le pido.

Charlie empieza a revisar el contenido de la mochila.

—Creo que deberíamos ir a la prisión —sugiere—. Tal vez mi padre tenga alguna explicación.

—¿De nuevo? —interviene Landon—. Silas y yo intentamos eso ayer. No nos dejaron hablar con él.

—Pero yo soy su hija —explica ella. Me mira como si pidiera mi aprobación.

—Estoy de acuerdo con Charlie —confirmo—. Vamos a ver a su padre.

Landon suspira con pesadez.

—Muero de ganas de que esto termine —opina, mientras da un giro brusco a la izquierda para dejar atrás la estación de policía—. Todo esto es ridículo —murmura. Estira la mano hacia la radio y sube el volumen, para no oírnos.

Sacamos cosas de la mochila. Hay dos pilas de documentos que yo separé un par de días antes, cuando hice una primera revisión. Una es útil para nuestra situación, la otra, no. Entrego a Charlie los diarios y empiezo a leer las cartas, espero que ella no se dé cuenta de que me salto algunas, las que ya leí.

—Todos estos diarios están llenos —dice, hojeándolos—. Si escribía tanto y tan seguido, ¿no debería tener uno actual? No encuentro el de este año.

Tiene razón. Cuando tomé todos los objetos de su ático, no vi nada que pareciera que usara a menudo. Me encojo de hombros.

—Tal vez lo pasamos por alto cuando tomamos estos.

Ella se inclina hacia delante y habla por encima de la música.

—Quiero ir a mi casa —le indica a Landon.

Charlie vuelve a recargarse en el respaldo del asiento, aprieta la mochila contra su pecho. Ya no revisa las cartas o los diarios, sólo mira por la ventanilla mientras nos acercamos a su vecindario.

Cuando Landon se detiene frente a su pórtico, duda antes de abrir la puerta.

—¿Aquí es donde vivo? —pregunta.

Estoy seguro de que no esperaba esto. No puedo tranquilizarla o prevenirla de lo que encontrará dentro porque ella cree que también perdí mis recuerdos.

—¿Quieres que entre contigo?

Niega con la cabeza.

—Tal vez no sea una buena idea. Las notas sugieren que debes mantenerte alejado de mi madre.

—Es cierto —opino—. Bueno, apuntamos que todas estas cosas estaban en el ático. Tal vez debas revisar tu recámara. Si tenías un diario en el que escribías activamente, es probable que esté cerca de donde duermes.

Ella asiente, sale del auto y empieza a caminar hacia su casa. La observo hasta que desaparece en el interior.

Landon me mira con suspicacia por el espejo retrovisor. Evito hacer contacto visual con él. Sé que no nos cree, pero si descubre que yo sí tengo recuerdos de las últimas cuarenta y ocho horas, *definitivamente* se convencerá de que miento. Y dejará de ayudarnos.

Encuentro una carta que no he leído, empiezo a desdoblarla cuando se abre la puerta de atrás. Charlie lanza una caja dentro. Me alivia saber que encontró más cosas, incluido otro diario. Ella se desliza dentro del carro y en ese momento también se abre la puerta del frente. Me sorprende descubrir a Janette, que se nos une en esta aventura.

Charlie se inclina hasta que nuestros hombros se tocan.

—Creo que es mi hermana —susurra—. Parece que no le agrado mucho.

Janette azota la puerta, de inmediato se da la vuelta en su asiento y me mira.

—Gracias por informarme que mi hermana está viva, tarado —reprocha. Voltea al frente de nuevo y descubro a Charlie conteniendo la risa.

—Es una broma, ¿no? —se queja Landon, contemplando a Janette. No parece muy complacido de que ella nos acompañe.

Janette gira la cabeza y gruñe.

—Oh, vamos —dice a Landon—. Ya pasó más de un año desde que terminamos. No te vas a morir por sentarte en un carro conmigo. Además, no me quiero quedar todo el día en casa con la loca de mi madre.

—Por Dios —comenta Charlie sorprendida—. ¿Ustedes dos salían?

Landon asiente.

—Sí, pero fue hace muuuucho tiempo. Y duró como una semana. —Echa el carro en reversa y empieza a avanzar.

—*Dos semanas* —aclara Janette.

Charlie me mira y levanta una ceja.

—Y la trama se enreda más... —sugiere en tono de burla.

Personalmente, creo que la presencia de Janette será más intrusiva que útil. Cuando menos Landon sabe lo que nos pasa, aunque no lo crea del todo. Janette tiene aspecto de que, de enterarse, no lo tomaría muy bien.

Ella saca un brillo labial de su bolso y empieza a aplicárselo mirándose en el espejo del acompañante.

—Y entonces, ¿adónde vamos?

—A ver a Brett —responde Charlie con indiferencia mientras revisa la caja en el asiento trasero.

Janette se da la vuelta con brusquedad.

—¿Brett? ¿*Papá*? ¿Vamos a ver a *papá*?

Charlie asiente mientras saca su diario.

—Sí —sentencia. Se queda mirando a su hermana—. Si tienes algún problema con ello, podemos regresarte a casa.

Janette cierra la boca y se da la vuelta poco a poco.

—No me molesta en lo más mínimo —contesta—. Pero no voy a bajarme del carro. No quiero verlo.

Charlie vuelve a elevar la ceja, luego se pone cómoda en su asiento y abre el diario. Una carta doblada cae de él y decide leerla primero. Inhala y luego me mira:

—Bueno. Aquí vamos, bebé Silas. Empecemos a conocernos el uno al otro.

Yo también me coloco en una posición cómoda y decido releer una carta.

—Aquí vamos, nenita Charlie.

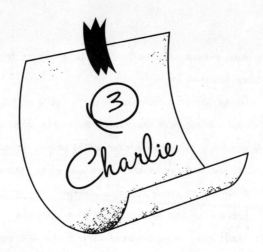

3

Charlie

Nenita Charlie:

Mi mamá vio mi tatuaje. Creí que podría ocultarlo un par de años más pero, por desgracia, me estaba quitando las vendas esta mañana cuando entró en mi habitación sin tocar.

¡No había entrado en mi cuarto sin tocar en tres años! Creo que pensó que yo no estaba en casa. Debiste ver su cara cuando se dio cuenta. Si haberme tatuado ya era bastante malo, no puedo imaginar lo que habría sucedido si se entera de que es un símbolo en tu honor.

Gracias por eso, por cierto. Los significados ocultos fueron una mucho mejor sugerencia que tatuarnos el nombre de cada uno. Le dije a mi mamá que el collar de perlas era un símbolo de las puertas perladas del paraíso o alguna mierda por el estilo. Después de esa explicación, no le quedaron muchos argumentos para

29

pelear, porque ella se la vive en la iglesia desde que abren las puertas.

Quiso saber quién me lo hizo, ya que sólo tengo dieciséis años, pero me negué a decirle. Me sorprendió que no lo adivinara porque estoy seguro de que apenas el mes pasado le mencioné que el hermano mayor de Andrew es un artista del tatuaje.

De cualquier manera, estaba molesta, pero le prometí que no me haría otro. Ella me pidió que nunca me quite la camisa delante de papá, casi tuve que jurárselo.

Todavía estoy impactado de que lo hayamos hecho. Yo hablaba medio en broma cuando te dije que debíamos hacerlo, pero al verte tan entusiasmada, me di cuenta de lo serio que fui. Sé que la gente dice que nunca te debes tatuar en honor a alguien con quien tienes una relación, y sólo tenemos dieciséis años, pero no me imagino qué podría suceder para que no quiera tenerte en mi piel.

Nunca amaré a nadie como a ti.

Y si lo peor llega a pasar y nos separamos, nunca me arrepentiré de este tatuaje. Tú has sido una parte fundamental de mi vida durante dieciséis años y, si al final terminamos o no, quiero recordarlo. Tal vez estos tatuajes fueron más una conmemoración que una suposición de que pasaremos el resto de nuestras vidas juntos. De cualquier manera, espero que dentro de quince años miremos estos tatuajes y nos sintamos agradecidos por este capítulo de nuestras vidas. No habrá un gramo de arrepentimiento. Estemos juntos o no.

Creo que tú eres más fuerte que yo. Esperaba ser yo quien te tranquilizara y te asegurara que el dolor sería temporal, pero resultó al revés. Tal vez el mío dolió más. ;)

Es tarde. Estoy a punto de llamar para desearte buenas noches, pero, fiel a mis principios, antes debo poner todas mis ideas en una carta para ti. Sé que ya lo he dicho antes, pero me encanta que aún nos escribamos cartas. Los mensajes del celular se borran y las conversaciones se desvanecen. Te juro que conservaré cada carta que me hayas escrito hasta el día en que me muera. #CorreoTerrestreParaSiempre

Te amo. Lo suficiente para camuflarte en mi piel. Nunca olvides. Nunca te detengas.

Silas

Miro a Silas, que está al otro extremo del asiento, absorto en su propia lectura. Me gustaría ver este tatuaje, pero no me siento lo suficientemente cómoda como para pedirle que se quite la camisa y me lo muestre.

Reviso más cartas hasta toparme con una que yo le escribí. Siento curiosidad por descubrir si estoy enamorada, siquiera la mitad de lo que él parece estarlo.

Silas:

No puedo dejar de pensar en la otra noche, cuando nos besamos. Ni en tu carta donde explicas cómo te sentiste al respecto.

Nunca antes había besado a alguien. No cerré los ojos. Estaba demasiado asustada. En las películas siempre cierran los ojos, pero yo no pude hacerlo. Quería ver si tú los tenías cerrados. Y cómo se veían tus labios cuando presionaban los míos. Y quería saber qué hora era para recordar siempre el momento exacto en que nos dimos nuestro primer beso (eran las once en punto, por cierto). Y mantuviste los ojos cerrados todo el tiempo.

Después de que me fui, regresé a casa y me quedé contemplando la pared durante una hora. Aún sentía tu boca en la mía, aunque ya no estuvieras allí. Fue una locura y no sé si debió suceder. Siento haber ignorado tus llamadas telefónicas después de eso. No quería preocuparte, sólo necesitaba tiempo. Sabes eso de mí. Tengo que procesar todo, y debo hacerlo sola. El que me besaras era algo que definitivamente necesitaba procesar. Había deseado que sucediera durante mucho tiempo, pero sé que nuestros padres van a pensar que estamos locos. Oí a mi madre decir que la gente no puede enamorarse de verdad cuando tiene nuestra edad, pero no creo que sea cierto. A los adultos les encanta fingir que nuestros sentimientos no son tan grandes e importantes como los suyos (que somos demasiado jóvenes para saber realmente lo que queremos). Pero considero que lo que queremos es similar a lo que ellos quieren. Queremos encontrar a alguien que crea en nosotros. Que se ponga de nuestro lado y nos haga sentir menos solos.

Tengo miedo de que suceda algo y cambie el hecho de que eres mi mejor amigo. Ambos sabemos que hay muchas personas que dicen ser tus amigos y luego no cumplen su palabra, pero tú nunca has sido así. Estoy divagando por completo. Me agradas, Silas. Demasiado. Tal vez más que los algodones de azúcar de color

verde manzana, los Nerds rosas y, ¡hasta el Sprite!
Sí, leíste bien.

Charlie

Es dulce (una chica comenzando a enamorarse). Me gustaría recordar ese primer beso. Me pregunto si hicimos algo más que sólo besarnos. Paso más cartas, reviso cada una de ellas. Llego a una que llama mi atención.

Querido Silas:

Llevo cerca de media hora tratando de escribirte esta carta y no sé cómo hacerlo. Supongo que encontraré una manera, ¿cierto? Tú siempre dices las cosas tan bien; yo soy la que se amarra la lengua.

Sigo pensando en lo que hicimos la otra noche, todo el tiempo. Esa cosa que haces con la lengua... hace que quiera desmayarme sólo de pensarlo. ¿Soy demasiado franca? ¿Te estoy mostrando mis cartas? Mi papá siempre me dice: <<No le muestres a la gente todas tus cartas, Charlie>>.

No tengo ninguna carta que quiera ocultarte. Siento que puedo confiarte todos mis secretos. Silas, me muero de ganas de que me beses así de nuevo. Anoche, después de que te fuiste, me invadieron sentimientos irracionales de ira contra todas las chicas del planeta. Sé que es estúpido, pero no quiero que alguna vez le hagas esa cosa con tu lengua a alguien más. No me consideraba una persona celosa, pero ahora siento celos de cualquier chica a la que hayas querido antes que a mí. No pienses que estoy loca, Silas, pero si alguna vez miras a otra chica como me miras a mí, voy a sacarte los ojos con una cuchara. Posiblemente la mate y te incrimine a ti. Así que, a menos que quieras ser un preso ciego, te sugeriría que mantengas tus ojos en mí. ¡Te veo en el almuerzo!

¡Te amo!

Charlie

Me sonrojo y miro a hurtadillas a Silas. Así que hemos... He tenido...

Guardo la carta debajo de mi pierna para que él no pueda leerla. Qué vergüenza. Hacer eso con alguien y no recordarlo. Sobre todo porque, en apariencia, él es tan bueno en esa cosa con la lengua. «¿Qué cosa?». Lo vuelvo a ver y esta vez él también me ve a mí. De inmediato siento que me sonrojo.

35

—¿Qué? ¿Por qué tienes esa cara?

—¿Qué cara? —respondo, apartando la vista.

Es entonces cuando me doy cuenta de que no sé cuál es mi aspecto. ¿Siquiera es agradable? Reviso mi mochila hasta encontrar mi cartera. Saco mi identificación y la miro. Estoy… bien. Primero aprecio mis ojos, se parecen a los de Janette. Pero siento que en realidad Janette es más bonita.

—¿Crees que físicamente nos parecemos más a mamá o a papá? —pregunto a Janette.

Ella sube los pies al tablero.

—A mamá, gracias a Dios —confiesa—. Me muero si hubiera nacido tan pálida como papá.

Me hundo un poco en mi asiento. Esperaba que nos pareciéramos más a nuestro padre; así, al verlo, me sentiría un poco familiarizada. Levanto el diario, pretendo leer y así evadir el hecho de no recordar a las personas que me dieron la vida.

Paso las páginas hasta el último día en que escribí. Probablemente debí leer esto primero, pero quería saber algo del contexto. Hay dos entradas para este día, empiezo por la primera.

Viernes 3 de octubre

El día que atropellan a tu perro.

El día que tu papá va a prisión.

El día que tienes que mudarte de la casa de tu infancia a un basurero.

El día que tu madre deja de mirarte.

El día que tu novio golpea al papá de alguien.

Han sido los días más espantosos de mi vida. No quiero hablar de ello. Sin embargo, la semana que viene todos lo estarán haciendo. Todo empeora. Me esfuerzo tanto en arreglar las cosas, corregirlas. Sacar a mi familia de la cañería, aunque allí es adonde nos dirigimos. Siento como si estuviera nadando contra una gran ola y no hubiera manera de ganar. La gente en la escuela me ve diferente. Silas dice que es mi imaginación, pero a él le resulta fácil decirlo. Él sí tiene a su padre. Su vida sigue intacta. Tal vez no es justo que lo diga, pero me da mucho coraje cuando él me dice que todo va a estar bien (porque no lo va a estar). Evidentemente no. Él cree que su padre es inocente. ¡Yo no! ¿Cómo puedo estar con alguien cuya familia me desprecia? Mi papá no está cerca para que ellos lo odien, así que transfirieron sus sentimientos a mí. Mi padre se pudre en prisión mientras ellos van por todos lados y siguen con sus vidas, como si no importara. Lo que le hicieron a mi familia sí importa y nada va a estar bien. Mi papá odia a Silas. ¿Cómo puedo estar con alguien tan cercano a la persona que lo encerró? Me hace sentir enferma. A pesar de todo, me resulta muy difícil alejarme de él. Cuando me enojo, hace las cosas correctas. Pero en el fondo de mi corazón sé que no es bueno para ninguno de los dos. Sin embargo, Silas es tan obstinado. Aunque trate de romper con él, no se va a ir. Es un desafío para él.

¿Debo actuar como si no importara? Él lo hace.

¿Empiezo a engañarlo con el tipo que peor le cae? Él empieza a engañarme con la hermana de ese tipo.

Él escucha que estoy en un restaurante con mis amigos y se aparece ahí con sus amigos.

Somos volátiles juntos. No siempre fuimos así. Todo se desencadenó con el enfrentamiento entre nuestros padres. Antes de eso, si me hubieran dicho que yo haría todo lo posible por deshacerme de él un día, me habría reído. ¿Quién habría pensado que

38

nuestras vidas, que se complementaban con tanta perfección, se tornarían (de la noche a la mañana) irreconocibles?

Las vidas de Silas y Charlie ya no se complementan. Es demasiado difícil ahora. Requiere más esfuerzo del que cualquiera de nosotros puede dar.

No quiero que él me odie. Sólo que ya no me ame.

Así que... he estado actuando diferente. No es tan difícil, porque en realidad soy diferente después de todo esto. Pero ya no lo oculto. Soy mala. No sabía que podía ser tan mala. Me muestro distante. Hago que me vea coquetear con otros tipos. Hace unas horas, golpeó al papá de Brian cuando escuchó que le decía a un cliente que yo era la novia de su hijo. Nunca habíamos tenido una pelea tan fuerte. Quería que me gritara. Quería que viera quién soy realmente. Que supiera que puede estar con alguien mucho mejor.

En lugar de eso, justo antes de que lo echaran del restaurante, dio un paso hacia mí. Se inclinó hasta que su boca estuvo muy cerca de mi oído y murmuró: <<¿Por qué, Charlie? ¿Por qué quieres que te odie?>>.

Un sollozo se atoró en mi garganta mientras lo apartaban de mí. Él me sostuvo la mirada mientras lo escoltaban afuera. En sus ojos había algo que nunca antes había visto. Estaban llenos de... indiferencia. Como si finalmente abandonara sus esperanzas.

Y, de acuerdo al mensaje que me envió antes de que empezara a escribir, creo que dejará de luchar por nosotros. Decía: <<Voy rumbo a tu casa. Me debes un rompimiento formal>>.

Se hartó de todo. Terminamos. *Realmente* hemos terminado. Y debería estar contenta, porque este fue mi plan todo el tiempo; en cambio, no puedo dejar de llorar.

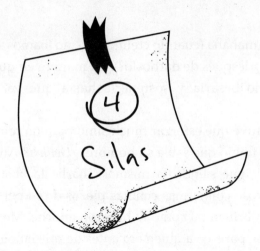

Silas

Charlie ha estado demasiado callada mientras lee. No toma notas ni dice nada que sea útil. En un momento, la vi pasar su mano por debajo del ojo; si acaso estaba llorando, lo ocultó bien. Me despertó la curiosidad sobre lo que leía, así que miré por encima y traté de pescar algunas palabras del diario.

Era sobre la noche en que terminamos. Sucedió apenas hace una semana. Lo único que quiero es acercarme y leer el resto con ella, pero en ese momento le indica a Landon que tiene que ir al baño.

Él se detiene en una gasolinera de camino a la prisión. Janette permanece en el carro y Charlie se queda a mi lado mientras entramos en la tienda. O tal vez yo soy quien se queda a *su* lado. No estoy seguro. El deseo de protegerla no me abandona en absoluto. Si acaso, me hace más participativo. El hecho de recordar los últimos dos (casi tres) días hace que me resulte más difícil fingir que se supone que no la conozco. Todo lo que hago es pensar en el beso de esta mañana (cuando creímos que no íbamos a recordar al otro ¿después de dárnoslo?). La manera en que ella me permitió besarla y sostenerla hasta que ya no fuera Charlie.

Me tuve que esforzar muchísimo para no reírme cuando ella fingió que sabía su nombre. *¿Delilah?* Aún sin memoria, sigue siendo la misma: Charlie la obstinada. Es asombroso cómo unas cuantas piezas de su personalidad todavía brillan tal como lo hicieron anoche. Me pregunto si yo me parezco a quien era antes de que empezara todo esto.

La espero hasta que sale del baño. Luego vamos a los refrigeradores de bebidas y yo tomo un agua. Ella agarra una Pepsi y por poco se me va comentarle que sé que prefiere la Coca-Cola, de acuerdo a lo que leí en una de las cartas de ayer, pero se supone que no lo recuerdo. Llevamos nuestras bebidas a la caja para pagarlas.

—Me pregunto si me gusta la Pepsi —susurra ella.

Me río.

—Por eso elegí el agua. Es una opción segura.

Ella toma una bolsa de papas fritas de un escaparate y la coloca en el mostrador para que el cajero la escanee. Luego una bolsa de Cheetos. Luego una de Funyuns. Luego Doritos. Continúa apilando frituras en el mostrador. La veo y ella se encoge de hombros.

—Estoy jugando a la segura —dice.

Cuando volvemos al carro, traemos diez bolsas diferentes de frituras y ocho tipos de refrescos. Janette lanza una miradita a Charlie cuando ve toda la comida.

—Silas tiene hambre —se excusa.

Landon está sentado detrás del volante, subiendo y bajando las rodillas. Tamborilea con los dedos el volante.

—Silas, recuerdas cómo manejar, ¿verdad? —pregunta.

Sigo su mirada y veo dos patrullas estacionadas a un lado del camino, frente a nosotros. Tendremos que pasar junto a ellas, pero no sé por qué eso pone nervioso a Landon. Charlie ya no está desaparecida, así que no hay razón para ponerse paranoicos por la policía.

—¿Por qué no puedes manejar *tú*? —lo cuestiono.

Se da la vuelta para encararme.

—Acabo de cumplir dieciséis años. Sólo tengo permiso para conducir. Todavía no he solicitado mi licencia.

—Estupendo —murmura Janette.

En el gran panorama de la situación, manejar sin licencia no es realmente una prioridad.

—Creo que tenemos problemas más grandes que la posibilidad de recibir una multa —comenta Charlie, dando voz a mis pensamientos—. Silas no puede manejar, me está ayudando a revisar toda esta mierda.

—Revisar viejas cartas de amor es poco relevante —responde Janette—. Si Landon recibe una multa con un permiso, le negarán la licencia.

—No arranques, entonces —le digo a mi hermano—. Aún nos faltan dos horas de ida y unas tres de regreso.

No puedo perder cinco horas nada más porque te preo-
cupa tu licencia.

—¿Por qué actúan tan extraño ustedes dos? —pregunta
Janette—. ¿Y por qué están leyendo sus cartas viejas?

Charlie le da a Janette una respuesta poco entusiasta
mientras observa su diario:

—Experimentamos un caso inusual de amnesia y no recordamos quiénes somos. Ni siquiera sé quién eres *tú*. Por
favor, ocúpate de tus propios asuntos.

Janette mira el techo del vehículo y resopla, luego se da
la vuelta.

—Bichos raros —murmura.

Charlie me lanza una sonrisa y luego señala el diario.

—Estoy a punto de leer la última entrada.

Muevo la caja que nos separa y me acerco para leer
con ella.

—¿No es extraño compartir tu diario conmigo?

Charlie sacude ligeramente la cabeza.

—En realidad no. Siento que no somos ellos.

Viernes 3 de octubre

Han pasado quince minutos desde que dejé de escribir.
En cuanto cerré el diario, Silas me envió un mensaje
de que estaba afuera. Como mi madre ya no le permi-
te entrar, salí para escuchar lo que tenía que decir.

Me robó el aliento y me odié por eso. La manera en que estaba recargado contra su camioneta (los pies cruzados en los tobillos, las manos dentro de los bolsillos de su chamarra). Un escalofrío me recorrió, pero culpé al *top* de mi pijama, que es de tirantes.

Él ni siquiera levantó la vista mientras me acercaba al carro. Me recargué contra este, a su lado, y crucé los brazos sobre mi pecho. Nos quedamos así por varios minutos, suspendidos en silencio.

—¿Puedo hacerte una pregunta? —dijo al fin.

Se paró enfrente de mí. Me quedé tiesa cuando puso sus brazos junto a mi cabeza y me encerró entre ellos. Hundió su cabeza varios centímetros hasta que quedó a la altura de mis ojos. Esa posición no es algo nuevo. Hemos estado así como un millón de veces antes, pero ahora no me miraba como si quisiera besarme. Esta vez lo hacía como si tratara de descubrir quién demonios soy. Recorría mi cara como si mirara a una completa extraña.

—Charlie —comenzó a hablar con voz rasposa. Mordió su labio inferior mientras pensaba cómo continuar. Suspiró y luego cerró los ojos—. ¿Estás segura de que esto es lo que quieres?

—Sí.

Sus ojos se abrieron ante la firmeza de mi respuesta. Sentí una punzada en el corazón: la expresión en su rostro ocultaba tantas cosas. El impacto. El hecho de saber que no iba a intentar convencerme de cambiar de opinión.

Silas golpeó el carro con el puño dos veces y luego se apartó de mí. De inmediato rodeé el auto, con la intención de entrar a la casa mientras todavía tenía la fuerza para dejarlo ir. Me recordé por qué lo hacía. <<No somos una buena pareja. Él cree que mi padre es culpable, nuestras familias se odian. Ahora somos diferentes>>.

Cuando estiré la mano hacia la puerta de entrada, Silas dijo una última cosa antes de subir a su carro.

—No te voy a extrañar, Charlie.

Su comentario me cimbró, así que me di la vuelta y me quedé mirándolo.

—Extrañaré a la chica que eras. Extrañaré a la Charlie de la que me enamoré. Pero esta persona

46

en quien te has convertido... —Movió la mano trazando el contorno de mi cuerpo—. No es alguien a quien vaya a extrañar.

Se subió a la camioneta y azotó la puerta. Se echó en reversa por el camino de entrada y se fue, con las llantas rechinando contra las calles de este vecindario de barrio bajo. Se fue.

Una pequeñísima parte de mí está furiosa porque él no se esforzó más. La mayor parte se siente aliviada de que finalmente se haya terminado.

Este tiempo, él hizo todo lo posible para revivir las cosas entre nosotros. Está convencido de que pueden volver a ser como antes, algún día.

Mientras él invierte su tiempo en recordar... yo trato de olvidar.

No quiero recordar cómo se siente besarlo.

No quiero recordar cómo se siente amarlo.

Quiero olvidar a Silas Nash, y todo en este mundo me lo recuerda.

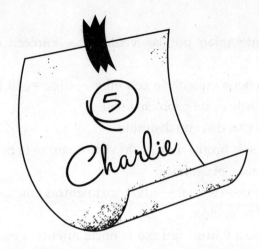

5
Charlie

La prisión no es lo que yo esperaba. ¿Y exactamente qué esperaba? ¿Algo oscuro y podrido, enmarcado en cielos grises y tierra árida? No recuerdo mi propio aspecto, pero sí cómo debe ser una prisión. Me río mientras salgo del carro y aliso mi ropa. El ladrillo rojo brilla contra el cielo azul. En el pasto crecen flores, danzan cuando la brisa las golpea. Lo único horrible de este paisaje es el alambre de púas que corre por arriba de la reja.

—No se ve tan mal —anuncio.

Silas, quien viene detrás de mí, eleva una ceja.

—Tú no eres la que está encerrada.

Siento el calor que sube por mis mejillas. Tal vez no sepa quién soy, pero entiendo que ese fue un comentario desatinado.

—Claro —me disculpo—. Supongo que Charlie es una estúpida.

Él se ríe y me toma la mano sin darme oportunidad de protestar. Miro de vuelta al carro donde Janette y Landon nos contemplan por las ventanillas. Parecen cachorros tristes.

—Deberías quedarte con ellos —digo—. El embarazo adolescente es un problema real.

Él se carcajea con disimulo.

—¿Estás bromeando? ¿No viste cómo se la pasaron peleando todo el camino?

—Tensión sexual —advierto, mientras empujo la puerta de la recepción.

Huele a sudor. Frunzo la nariz mientras me acerco a la ventanilla. Una mujer está adelante, remolcando a un par de niños, uno con cada mano. Los maldice antes de gritarle su nombre a la recepcionista y pasarle su identificación.

«Mierda». ¿Cuál será la edad mínima para visitar a alguien en este lugar? Busco mi licencia de conducir y espero mi turno. Silas me aprieta la mano y me giro para sonreírle débilmente.

—El que sigue —grita una voz.

Me acerco y le indico a una mujer de cara adusta a quién vengo a ver.

—¿Estás en la lista? —pregunta.

Afirmo con la cabeza. Las cartas indican que he venido a visitar a mi padre varias veces desde que lo apresaron.

—¿Y él? —Mueve la cabeza en dirección a Silas, quien muestra también su licencia.

Ella rechaza su identificación y sacude la cabeza.

—No está en la lista.

—Oh —pronuncio con decepción.

Tarda unos minutos en ingresar los datos en la computadora y luego me entrega un gafete de visitante.

—Deja tu bolsa con tu amigo —señala—. Él puede esperarte aquí.

Siento ganas de gritar. No quiero entrar sola a hablar con el hombre que se supone es mi padre. Silas parece resignado. Necesito que venga conmigo.

—No sé si pueda hacerlo —me sincero—. Ni siquiera sé qué preguntarle.

Él me toma por los hombros e inclina su cabeza para verme a los ojos.

—Charlie, de acuerdo con sus cartas manipulativas, este tipo es un cabrón. No te dejes convencer por sus encantos. Obtén las respuestas y sal de allí, ¿te parece?

Afirmo sin decir una palabra.

—Muy bien. —Paso la vista por la sombría área de espera: paredes amarillas y plantas en macetas, apenas vivas—. ¿Me esperarás aquí?

—Claro —confirma en voz baja. Me mira a los ojos, con una ligera sonrisa en los labios. Siento sus deseos de besarme, eso me asusta. Un peligro extraño. Excepto que sí sé lo que se siente besarlo, sólo que no lo recuerdo.

—Si tardo, deberías ir al carro con Landon y Janette —digo—. Tú sabes... el embarazo adolescente y esa mierda.

Él sonríe y me tranquiliza.

—Está bien. Te veo del otro lado —Doy un paso hacia atrás.

Mientras atravieso los detectores de metales, finjo que soy adulta y ruda. Un guardia me da palmadas para revisarme. Percibo que las piernas me tiemblan. Atrás, Silas está parado con las manos en los bolsillos, mirándome. Mueve la cabeza para indicarme que avance y siento una pequeña ola de valor.

—Puedo hacer esto —me digo—. Sólo es una pequeña visita a papito.

Me llevan a un salón y me indican que espere. Hay unas veinte mesas dispersas por el lugar. La mujer que estaba adelante de mí en la recepción se encuentra sentada ante una de las mesas, con la cabeza entre las manos, mientras sus hijos apilan bloques en un rincón. Me siento lo más lejos posible de ellos y observo la puerta. En cualquier momento mi padre va a pasar por esas puertas y ni siquiera sé qué aspecto tiene. ¿Y si me equivoco?

Estoy pensando en salir corriendo y decirles a los demás que no quiso verme, justo cuando él entra. Sé que es él porque sus ojos me localizan de inmediato. Sonríe y camina hacia mí. *Caminar* no es la acción que describe lo que hace. Se pasea. Yo me quedo sentada.

—Hola, Cacahuate —dice. Me abraza y yo me quedo tiesa como una tabla.

—Hola... papá.

Se desliza en el asiento frente a mí, todavía sonriendo. Entiendo lo fácil que sería adorarlo. Destaca, aun en su traje de preso. Todo parece incorrecto: él aquí, con sus dientes blancos y brillantes y su pelo rubio peinado con esmero. Janette tenía razón. Debemos parecernos a nuestra madre. Tengo su boca, creo. Pero no el tono pálido de su piel.

No tengo sus ojos. Cuando vi mi fotografía, fue lo primero en lo que me fijé. Tengo una mirada triste. Los ojos de mi padre sonríen, aunque tal vez no tenga motivos para hacerlo. Me siento atraída por él.

—Hace dos semanas que no venías —reprocha—. Empezaba a creer que me dejarían pudrirme aquí.

Me sacudo todas las emociones que me embargaron un minuto antes. «Es un tipo narcisista». Ya descubrí cómo actúa y lo acabo de conocer. Transmite algo con sus ojos alegres y su sonrisa, pero sus palabras lastiman como un latigazo.

—Nos dejaste en la miseria. El carro es un problema y se me dificulta manejar tan lejos. Además, mamá es una alcohólica. Creo que estoy enojada por eso, pero no lo recuerdo.

Él me mira por un minuto, con la sonrisa congelada en el rostro.

—Lamento que te sientas así.

Dobla sus brazos sobre la mesa y se inclina hacia delante. Me estudia. Me hace sentir incómoda, como si supiera más acerca de mí que yo misma. Lo que probablemente es cierto en este momento.

—Recibí una llamada esta mañana —dice, recargándose de nuevo en el respaldo de la silla.

—¿Ah, sí? ¿De quién?

Él sacude la cabeza.

—No importa de quién. Lo que importa es lo que me dijeron. De ti.

Me quedo callada. No sé si me está lanzando un anzuelo.

—¿Hay algo que quieras decirme, Charlize?

Ladeo la cabeza. ¿Qué clase de juego es este?

—No.

Él mueve un poco la cabeza de arriba abajo y luego hace un puchero. Coloca la punta de sus dedos contra su barbilla mientras me observa al otro lado de la mesa.

—Me comentaron que te atraparon entrando sin permiso en propiedad ajena. Y que hay razones para creer que estabas bajo el influjo de las drogas.

Me tomo mi tiempo antes de responder. ¿Entrando sin permiso? ¿Quién le diría eso?. ¿La lectora del tarot? Estaba en su casa. Hasta donde sé, no le platicamos a nadie lo sucedido. Fuimos directo al hotel anoche, de acuerdo con nuestras notas.

Corren tantas cosas por mi mente. Trato de ordenarlas.

—¿Por qué estabas en nuestra antigua casa, Charlie?

Mi pulso se acelera. Me pongo de pie.

—¿Hay algo para beber aquí? —pregunto—. Tengo sed.

Distingo una máquina de refrescos, pero no tengo dinero. Justo entonces mi padre mete la mano en su bolsillo y saca un puñado de monedas. Me las pasa a través de la mesa.

—¿Te permiten tener dinero aquí?

Él asiente, no deja de mirarme con suspicacia. Tomo el cambio y me acerco a la máquina de refrescos. Inserto las monedas y volteo a verlo. Él ya no me está mirando. Tiene la vista fija en sus manos, dobladas sobre la mesa.

Espero mi bebida y aun después permanezco allí otro minuto, mientras la abro y le doy un sorbo. Este hombre me pone nerviosa y no sé por qué. No sé cómo Charlie podía verlo de la manera en que lo hacía. Supongo que tal vez me sentiría diferente si lo recordara. Pero no tengo recuerdos suyos. Sólo puedo dejarme llevar por lo que estoy viendo ahora, y lo que veo es un criminal. Una excusa de hombre, pálido y de ojos pequeños, saltones.

Casi dejo caer mi refresco. Cada músculo de mi cuerpo se debilita con la súbita revelación. Pienso en una descripción que Silas o yo escribimos en nuestras notas. Una descripción física de Cora: el Camarón.

«La llaman el Camarón porque tiene ojos pequeños y saltones, y piel que adquiere tonos rosas cuando habla».

Mierda. Mierda. Mierda. Mierda.

«¿Brett es el padre de Cora?».

Me mira, probablemente se pregunta por qué tardo tanto. Me dirijo hacia él. Cuando llego a la mesa, lo observo con dureza. Una vez que tomo asiento, me inclino hacia delante y no permito que un solo fragmento de mi conmoción socave mi confianza.

—Vamos a jugar un rato —le explico.

Él levanta una ceja, divertido.

—Muy bien.

—Finjamos que he perdido la memoria. Soy un pizarrón en blanco. Estoy armando algunas piezas que tal vez no había notado, porque antes te adoraba. ¿Me sigues...?

—En realidad, no. —Parece molesto.

¿Se pondrá así cuando la gente no se dedica por completo a complacerlo?

—¿Tienes por ahí otra hija? No lo sé, ¿tal vez una con una madre loca que podría retenerme contra mi voluntad?

Su cara cambia de color. Empieza a negar, aparta su cuerpo de mí y me llama loca. Pero veo el pánico en su rostro y sé que toqué alguna fibra sensible.

—¿Escuchaste la última parte o sólo te enfocaste en mantener las apariencias? —Voltea la cabeza para mirarme y ya no hay suavidad en sus ojos—. Ella me secuestró —reclamo—. Me mantuvo encerrada en un cuarto de su... de *nuestra*... vieja casa.

Cuando traga saliva, la manzana de su cuello se agita. Creo que está decidiendo qué decir.

—Te encontró entrando sin permiso en su propiedad —habla finalmente—. Afirmó que actuabas con rabia. No tenías idea de dónde te encontrabas. No quiso llamar a la policía porque estaba segura de que te habías drogado, así que te retuvo para ayudar a desintoxicarte. Tenía mi permiso, Charlie. Ella me llamó en cuanto te encontró en su casa.

—Yo no me *drogo* —le contesto—. ¿Y quién en su sano juicio retendría a alguien en contra de su voluntad?

—¿Hubieras preferido que llamara a la policía? ¡Estás diciendo tonterías! ¡Y te metiste en su casa a mitad de la noche!

No sé qué creer. Lo único que sé de esa experiencia es lo que escribí para mí misma en las notas.

—¿Y esa chica, Cora, es mi media hermana?

Él mira la mesa, ya que no es capaz de verme a los ojos. Como no contesta, decido seguir su juego.

—Lo que más te conviene es ser honesto conmigo. Silas y yo encontramos un archivo que Clark Nash ha estado buscando con desesperación desde antes de tu juicio.

No hace ni una mueca siquiera. Su actitud de jugador de póker es perfecta. No me pregunta a qué archivo me refiero.

—Sí —confiesa—. Ella es tu media hermana. Tuve una aventura con su madre hace años.

Es como si todo le sucediera a un personaje de la tele. Me pregunto cómo tomaría esto la Charlie real. ¿Estallaría en lágrimas? ¿Se levantaría y saldría corriendo? ¿Golpearía a este tipo en la cara? Por lo que sé de ella, probablemente optaría por esto último.

—Oh, guau. ¿Mi madre lo sabe?

—Sí. Lo descubrió después de perder la casa.

Qué excusa más lamentable para un hombre. Primero engaña a mi madre. Embaraza a otra mujer. ¿Luego se lo oculta a su esposa y a sus hijas hasta que no queda de otra?

—Dios mío. No me sorprende que se pierda en el alcohol. —Me recargo en mi asiento y miro al techo—. ¿La chica lo sabe?

—Sí —comenta.

Siento una rabia caliente. Por Charlie, pero también por esa pobre chica que tiene que toparse a Charlie en la escuela a diario y comprobar que tiene una vida que ella jamás alcanzará. ¡Qué situación más repugnante!

Me tomo un momento para recomponerme mientras él permanece sentado en silencio. Desearía decir que él se retorcía por la culpa, pero no estoy segura de que este hombre sea capaz de experimentar ese sentimiento.

—¿Por qué viven en la casa donde crecí? ¿Tú se las diste?

La pregunta torna su rostro de un rosa pálido. Deja caer la quijada mientras sus ojos se mueven de izquierda a derecha. Baja la voz, de modo que sólo yo lo escucho.

—Esa mujer era una clienta mía, Charlie. Cometí un error. Terminé con ella hace muchos años, un mes antes de que descubriera su embarazo. Llegamos a una especie de arreglo. Yo estaría presente financieramente, pero nada más. Fue lo mejor para todos.

—¿Así que compraste su silencio?

—Charlie... —se excusa—. Cometí un grave error. Créeme, lo he tenido que pagar con creces. Ella usó el dinero que le estuve enviando todos esos años para comprar nuestra antigua casa en una subasta. Lo hizo sólo para escupírmelo.

Así que ella es vengativa. Y, con toda probabilidad, está loca. ¿Y mi padre tiene la culpa de eso?

«Dios mío. Esto se pone cada vez peor».

—¿Hiciste lo que dicen que hiciste? —le pregunto—. Ya que estamos sincerándonos, creo que tengo derecho a saberlo.

Sus ojos recorren la sala de nuevo.

—¿Por qué me haces todas estas preguntas? —susurra—. Tú no eres así.

—Tengo diecisiete años. Creo que puedo cambiar.

Quiero alejarme de él, pero primero necesito más respuestas.

—¿Clark Nash te obligó a esto? —interroga, con palabras y expresión acusadoras—. ¿Andas con Silas de nuevo?

Trata de voltearme las cosas. Pero ya no me puede atrapar tan fácilmente.

—Sí, papi —digo, sonriendo con dulzura—. Estoy saliendo con Silas. Y estamos enamorados y somos muy felices. Gracias por preguntar.

Las venas de sus sienes saltan. Sus puños se cierran con fuerza.

—Charlie, sabes lo que pienso de eso.

Su reacción me enciende. Me levanto y la silla se desplaza hacia atrás con un chirrido.

—Déjame decirte lo que yo pienso. —Me alejo de la mesa y lo señalo—. Has arruinado muchas vidas. Pensaste que el dinero podía tomar el lugar de tus responsabilidades. Tus decisiones llevaron a mi mamá a beber. Dejaste a tus hijas con nada, ni siquiera una figura paterna en sus vidas. Sin mencionar a todas las personas a las que estafaste. Y culpas a los demás. Porque eres una mierda como ser humano. ¡Y todavía peor como padre! —vocifero—. No conozco muy bien a Charlie y a Janette, pero creo que merecían algo mejor.

Me doy la vuelta y me alejo, lanzando unas palabras finales sobre mi hombro.

—¡Adiós, Brett! ¡Que te vaya bien en la vida!

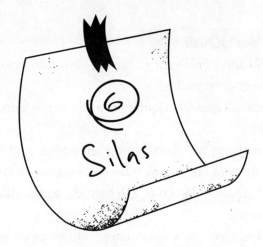

6
Silas

Cuando Charlie regresa, estoy sentado con las piernas cruzadas sobre el cofre del carro, recargado contra el parabrisas y escribiendo notas. Estuvo adentro más de una hora, así que hice lo que me pidió y vine aquí afuera para echar un ojo a nuestros hermanos. Me incorporo cuando la veo. No le pregunto nada, espero a que diga algo. Por su aspecto, no creo que quiera hablar en este momento.

Va directo al auto. Me mira brevemente a los ojos cuando pasa a mi lado. Giro la cabeza y la observo caminar hacia la parte de atrás para después volver al frente. Luego a la parte de atrás y de regreso al frente.

Tiene las manos apretadas a sus costados. Janette abre la puerta y sale del coche.

—¿Qué cuenta el mejor papá-preso del mundo?

Charlie se detiene de golpe.

—¿Sabías de Cora?

Janette echa hacia atrás el cuello y niega con la cabeza.

—¿Cora? ¿Quién?

—¡El Camarón! —dice Charlie, elevando la voz—. ¿Sabías que él es su padre?

Janette se queda boquiabierta, de inmediato, yo salto del cofre.

—Espera. *¿Qué?* —exclamo y me acerco a Charlie.

Ella levanta las manos y las frota contra su cara, luego une sus dedos y los coloca debajo de su barbilla, respira lentamente.

—Silas, creo que tenías razón. Esto no es un sueño.

Puedo apreciar que el miedo sobrecoge cada parte de su cuerpo. El miedo que no se ha asentado porque hace unas horas perdió sus recuerdos. Pero ahora, ese terror la está golpeando.

Doy un paso lento al frente y estiro la mano.

—Charlie. Está bien. Resolveremos esto.

Ella retrocede y empieza a negar con la cabeza.

—¿Y qué tal si no? ¿Y si sigue sucediendo? —Camina de un lado a otro de nuevo, esta vez con las manos detrás de la cabeza—. ¿Y si pasa una y otra vez hasta desperdiciar nuestras vidas por completo? —Su pecho sobresale y se hunde debido a la fuerza con que respira.

—¿Qué te pasa? —increpa a Janette. Su siguiente pregunta es para mí—. ¿De qué me estoy perdiendo?

Landon está de pie junto a mí, así que me volteo hacia él.

—Voy a llevar a Charlie a dar un paseo. ¿Le podrías explicar a Janette lo que está sucediendo?

Landon aprieta los labios y asiente.

—Claro. Pero va a creer que somos una bola de mentirosos.

Tomo el brazo de Charlie y la obligo a caminar conmigo. Las lágrimas corren por sus mejillas y las limpia con furia.

—Brett llevaba una doble vida —comienza a hablar—. ¿Cómo le pudo hacer esto a ella?

—¿A quién? ¿A Janette?

Se detiene.

—*No*, no a Janette. Ni a Charlie. Ni a mi madre. A Cora. ¿Cómo pudo saber que tenía una hija y negarse a ser parte de su vida? ¡Es una persona horrible, Silas! ¿Cómo es que Charlie no lo *vio*?

¿Está preocupada por el Camarón? ¿Por la chica que contribuyó a que la mantuvieran *encerrada* un día completo?

—Trata de respirar—le indico, la sujeto por los hombros y la fuerzo a encararme—. Tal vez nunca viste ese lado suyo. Era bueno contigo, lo amabas por la persona que fingía ser. Y no puedes sentir pena por esa chica, Charlie. Ayudó a su madre a retenerte contra tu voluntad.

Empieza a sacudir la cabeza febrilmente.

—Ellas no me hicieron daño, Silas. Me esforcé por dejarlo claro en la carta. ¡Ella fue ruda, seguro, pero yo fui quien entró sin permiso en su casa! Debí seguirla hasta allá la noche que no me subí al taxi. Pensó que estaba drogada, porque no tenía memoria ni nada, ¡y no la culpo! Y luego olvidé de nuevo quién era y probablemente empecé a sentir pánico. —Exhala con fuerza y hace una pausa momentánea. Cuando voltea a verme, parece más tranquila. Une sus labios y los humedece—. No creo que tengan algo que ver con lo que nos sucedió. Sólo es una mujer loca, amargada, que odia a mi padre y probablemente quería vengarse por la forma en que yo trataba a su hija. Pero nosotros las condujimos a eso. Todo este tiempo hemos estado juzgando... tratando de culpar a otras personas. Pero y si... —Saca el aire de los pulmones y añade—: ¿y si *nosotros* nos hicimos esto?

La suelto y doy un paso hacia atrás. Ella se sienta y sostiene la cabeza entre sus manos. No hay manera de que nos hubiéramos hecho esto a propósito.

—No creo que sea posible, Charlie —concluyo, sentándome a su lado—. ¿Cómo podríamos haberlo hecho? ¿Cómo hacen dos personas para olvidar todo al mismo tiempo? Tiene que ser algo más grande.

—Si es algo más grande que *nosotros*, entonces también rebasa a mi padre. Y a Cora. Y a su madre. Y a mi mamá. Y a tus padres. Y si *nosotros* no somos la causa de esto, entonces nadie más lo es.

Muevo la cabeza afirmativamente.

—Lo sé.

Ella se mete el pulgar en la boca por un segundo.

—Y si esto no nos sucede por culpa de otras personas... ¿qué podría ser?

Los músculos de mi cuello se endurecen. Llevo las manos tras mi cabeza y miro al cielo.

—¿Algo más grande?

—¿Qué es más grande? ¿El universo? ¿Dios? ¿Es el comienzo del apocalipsis? —Se levanta y camina frente a mí—. ¿Creíamos en Dios? ¿Antes de que nos sucediera esto?

—No tengo idea. Pero quizás he rezado más en los últimos días que en toda mi vida. —Me pongo de pie y tomo su mano, la llevo en dirección al carro—. Quiero saber todo lo que dijo tu padre. Vamos a regresar y, mientras manejo, puedes ir escribiendo.

Ella desliza sus dedos entre los míos y caminamos. Cuando llegamos al coche, Janette está recargada contra la puerta del acompañante. Nos mira.

—¿De verdad no recuerdan nada? ¿Ninguno de los dos? —Ahora su atención se centra exclusivamente en Charlie.

Les hago una señal para que Landon y Janette se sienten en la parte de atrás. Abro la puerta de adelante a Charlie, mientras ella responde:

—No. No podemos. Y no lo hago por diversión, Janette. No sé qué tipo de hermana he sido contigo, pero te juro que no inventaría esto.

Janette mira a Charlie por un momento.

—Has sido una hermana *de mierda* los últimos dos años —dice—. Pero supongo que si todo lo que Landon me contó es cierto y realmente no pueden recordar nada, eso explicaría por qué ni uno solo de ustedes, pedazos de idiotas, me ha felicitado por mi cumpleaños. —Abre la puerta del coche, se trepa y luego la azota.

—Auch —exclama Charlie.

—Sí —concuerdo—. ¿Olvidaste el *cumpleaños* de tu hermanita? Eso es muy egoísta de tu parte.

Ella me da un golpecito juguetón en el pecho. Le tomo la mano y sucede un momento entre nosotros. Un segundo en que ella me mira como si sintiera lo que alguna vez sintió por mí.

Pero entonces parpadea, zafa su mano y se sube en el carro.

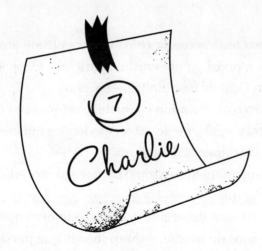

No es mi culpa que el universo sólo me castigue a mí.

A *nosotros*. A Silas y a mí.

Se me olvida que Silas también está en la misma situación, lo que seguro significa que soy una narcisista. «Estupendo». Pienso en la chica que nos acompaña en el carro, mi hermana, y en que está pasando un desastroso cumpleaños. Y en la otra, mi media hermana, que vive en mi vieja casa con su madre psicótica, la misma a quien, de acuerdo con mis diarios, he estado torturando durante una década. Soy una mala persona y todavía una peor hermana.

¿Aun así *quiero* que regresen mis recuerdos?

Miro hacia fuera por la ventanilla y observo los demás automóviles. No tengo recuerdos pero, cuando menos, puedo procurar que Janette festeje un poco este día.

—Oye, Silas, ¿puedes poner una dirección en ese lujoso GPS por mí?

—Claro —responde—. ¿Cómo qué?

Ignoro todo sobre la chica del asiento de atrás. Hasta donde sé, podría ser buenísima para los videojuegos.

—Un local de maquinitas —solicito.

Observo que Landon y Janette se remueven en el asiento de atrás. «¡Sí!», me felicito. A todos los púberes les gustan los videojuegos. Es seguro.

—Es un momento extraño para ir a jugar —dice Silas—. ¿No crees que…?

—Creo que deberíamos ir ahí —interrumpo—. Es el cumpleaños de Janette. —Abro lo más que puedo los ojos para que entienda que no está a discusión.

Silas demuestra su comprensión con un gesto y levanta la mano con torpeza, con el pulgar hacia arriba. Charlie odia esa señal, lo sé por mi inmediata reacción corporal.

Hay un local de maquinitas cerca de donde estamos. Cuando llegamos, Silas saca su cartera y encuentra en el interior una tarjeta de crédito.

Janette me mira, como si sintiera vergüenza; yo me encojo de hombros. Apenas conozco a este chico, qué importa que gaste su dinero en nosotras. Además, yo no tengo dinero. Mi padre lo perdió todo y el de ellos aún tiene algo, de modo que está bien. «No sólo soy narcisista; también tengo habilidad para encontrar justificaciones».

Obtenemos algunas fichas que llevamos en vasos desechables. Janette y Landon se alejan para dedicarse a lo suyo. «Juntos». Miro a Silas y emito un movimiento con la boca para indicarle: «ve eso».

—Vamos —me dice—. Compremos una pizza. Deja que los chicos jueguen.

Me guiña un ojo, trato de no sonreír.

Encontramos una mesa y nos sentamos a esperar. Me deslizo en el gabinete, abrazo mis rodillas.

—Silas, ¿y si sigue sucediendo esto?, este interminable ciclo de olvido, ¿qué haremos?

—No lo sé —reconoce—. Encontrar al otro una y otra vez. No estaría tan mal, ¿o sí?

Lo miro para detectar si está bromeando.

No estaría tan mal. Pero esta situación sí lo está.

—¿Quién quisiera pasar toda la vida sin saber quién es?

—Yo podría pasar cada día llegando a conocerte de nuevo por completo, Charlie, y no me cansaría de ello.

El calor sube por mi cuerpo y enseguida aparto la vista. Esto es lo que me pasa siempre con Silas: «No lo mires, no lo mires, no lo mires».

—Eres un tonto —le espeto.

Pero no. Es romántico y sus palabras son poderosas. Charlie no lo es, lo sé. Pero ella intenta serlo, también es algo que sé. Ella quiere con desesperación que Silas demuestre que todo esto no es una mentira. Se siente una atracción en su interior cada vez que ella lo mira. Como un tirón; quisiera apartarlo cuando sucede.

Suspiro y abro una bolsita de azúcar, vacío el polvo sobre la mesa. Es agotador ser adolescente. Silas contempla en silencio cómo dibujo patrones en el azúcar hasta que finalmente me toma de la mano.

—Lo descubriremos —me asegura—. Vamos por el camino correcto.

Me limpio las manos en los pantalones.

—Está bien. —Sé que no vamos por ningún camino. Seguimos igual de perdidos que cuando despertamos en el hotel.

También soy mentirosa. «Una narcisista, justificadora, mentirosa».

Janette y Landon nos encuentran justo cuando llega la pizza. Se deslizan en el gabinete, con las mejillas sonrosadas y riendo. En todo el día que llevo de conocer a Janette, no la había visto sonreír. Ahora mismo odio más al padre de Charlie. Por arruinar a una adolescente. *Dos*, si me cuento a mí misma. Bueno... *tres*, ahora que sé de Cora.

Miro cómo Janette muerde su pizza. No tiene que ser así. Si tan sólo pudiera salir de esta... *cosa*... podría cuidarla. Ser mejor. Por nosotras dos.

—Charlie —dice, dejando su rebanada—. ¿Quieres venir a jugar conmigo?

Sonrío.

—Claro que sí.

Ella me devuelve la sonrisa y de pronto mi corazón se siente enorme y pleno. Silas me mira con ojos vidriosos. La comisura de su boca se eleva en una pequeña sonrisa.

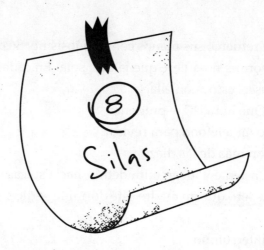

8

Silas

Está oscuro cuando nos detenemos en la entrada de casa de Charlie y Janette. Sucede algo extraño: quiero encaminar a Charlie a la puerta, pero Landon y Janette han estado coqueteando en el asiento de atrás, así que no nos imagino a los cuatro yendo juntos hasta la puerta.

Janette abre su puerta y luego Landon la suya, de modo que Charlie y yo esperamos.

—Están intercambiando números —señala ella, mirándolos—. Qué lindo.

Nos quedamos en silencio hasta que Janette desaparece dentro de la casa.

—Nuestro turno —comenta Charlie, saliendo del auto.

Caminamos lento por la banqueta. Espero que su madre no me vea aquí. No tengo energía para tratar con esa mujer esta noche. Además, me sentiría mal de hacer pasar a Charlie por eso.

Ella retuerce sus manos con nerviosismo. Sé que se detiene porque no quiere que la deje sola. En cada recuerdo que posee, estoy con ella.

—¿Qué hora es? —pregunta.

Saco mi teléfono para revisar.

—Son más de las diez.

Ella asiente y luego mira detrás, hacia su casa.

—Espero que mi madre esté dormida —dice. Y luego— Silas...

La interrumpo.

—Charlie, no creo que debamos separarnos esta noche.

Nuestros ojos se encuentran. Parece aliviada. Después de todo, soy la única persona que conoce. Lo último que necesitamos es que nos distraiga gente a la que no reconocemos.

—Estaba a punto de sugerir lo mismo.

Muevo la cabeza en dirección a la puerta detrás de ella.

—Pero necesitamos que parezca que estás en casa. Te metes. Haces como si te fueras a la cama. Voy a dejar a Landon en mi casa y regreso a recogerte en una hora.

Ella asiente.

—Te veré al final de la calle —advierte—. ¿Dónde crees que debamos pasar la noche?

Lo medito. Tal vez lo mejor sea quedarnos en mi casa, para revisar si hay algo en mi cuarto que pasamos por alto y pudiera ser de ayuda.

—Te subiré a escondidas a mi recámara. Tenemos que revisar muchas cosas esta noche.

La mirada de Charlie se dirige al suelo.

—¿Me subirás? —expresa con curiosidad. Inhala lentamente y puedo escuchar que el aire se desliza entre sus dientes apretados—. ¿Silas? —Levanta los ojos y luego los entrecierra. Tiene una expresión acusadora; no sé qué hice para provocarla—. Tú no me mentirías, ¿verdad?

Ladeo la cabeza, no estoy seguro de haberla escuchado bien.

—¿A qué te refieres?

—He estado notando cosas. *Detalles* —me advierte.

Puedo sentir que el corazón se me hunde. «¿Qué dije?».

—Charlie… no estoy seguro de lo que significa eso.

Retrocede un paso. Por un momento, se cubre la boca con una mano y luego me señala.

—¿Cómo sabes que tu recámara está arriba, si no has estado en tu casa todavía?

«Mierda».

—Y también hiciste un comentario antes, en la prisión —añade, sacudiendo la cabeza—, sobre lo mucho que has rezado en los últimos días, pero se supone que sólo *recordamos hoy*. Y esta mañana… cuando te dije que me llamaba Delilah, pude ver que te esforzabas para no reír. Porque sabías que era mentira. —Su voz se desvanece entre la sospecha y el miedo.

Levanto una mano para tranquilizarla, pero ella da otro paso hacia atrás, se acerca a la casa.

Vaya problema. No sé cómo responder. No me gusta constatar que ella prefiere entrar en una casa que la aterraba hace cinco minutos, antes que quedarse conmigo. «¿Por qué le mentí esta mañana?».

—Charlie. Por favor, no tengas miedo.

Es demasiado tarde. Ella corre hacia la puerta del frente, así que me adelanto y la rodeo con mis brazos, la atraigo contra mi pecho. Ella empieza a gritar, así que cubro su boca.

—Tranquilízate —murmuro en su oído—. No te voy a hacer daño. —Lo último que necesito es perder su confianza. Ella sujeta mi brazo con ambas manos, trata de liberarse de mí—. Tienes razón. Charlie, tienes razón. Te mentí. Pero si te calmas dos segundos, te explicaré por qué.

Ella levanta una pierna mientras la abrazo por detrás. Presiona su pie contra la casa, patea con todas sus fuerzas y nos lanza hacia atrás; caemos trastabillando. La suelto y ella se aleja a gatas, pero la agarro de nuevo y la empujo de espaldas. Ella me mira con los ojos muy abiertos, pero esta vez no grita. Mis manos presionan sus brazos contra el suelo.

—*Detente* —le suplico.

—¿Por qué mentiste? —Llora—. ¿Por qué finges que esto te sucedió también a ti? —Lucha un poco más, de modo que la aprieto con más fuerza.

—¡No estoy fingiendo, Charlie! He estado olvidando, igual que tú. Pero hoy no me sucedió, no sé por qué. Sólo recuerdo los últimos dos días. Lo juro. —La miro a los ojos y ella me sostiene la mirada. Aún riñe un poco, pero también quiere escuchar mi explicación—. No quería que te asustaras esta mañana, así que fingí. Pero hasta esta ocasión, nos ha estado sucediendo a los dos.

Ella ya no pelea, su cabeza cae a un lado. Cierra los ojos, está exhausta. Emocional y físicamente.

—¿Por qué está pasando esto? —susurra, derrotada.

—No lo sé, Charlie —confieso, liberando uno de sus brazos—. No lo sé —Aparto el cabello de su cara—. Te voy a soltar en un momento. Me voy a levantar y a irme. Dejaré a Landon y regresaré por ti, ¿te parece bien?

Ella asiente sin abrir los ojos. Suelto su otro brazo y me pongo de pie lentamente. Cuando ya no la tengo contra el piso, ella se incorpora deprisa y se aparta de mí.

—Mentí para protegerte. No para lastimarte. Me crees, ¿verdad?

Ella se frota los brazos en donde la tenía sujeta. Lanza un gemido.

—Sí —después de aclararse la garganta añade—: Regresa en una hora. Y no vuelvas a mentirme.

Espero a que entre en su casa antes de dirigirme al carro.

—¿Qué demonios fue todo eso? —pregunta Landon.

—Nada —respondo, viendo por la ventanilla mientras dejamos atrás la propiedad—. Tan sólo le desee buenas noches. —Estiro la mano hacia el asiento trasero para agarrar nuestras cosas—. Voy a regresar a *Jamais, jamais* por mi Land Rover.

Landon se ríe.

—La hicimos chatarra anoche tirando una puerta, ¿te acuerdas?

Me acuerdo. Estuve allí.

—Pero tal vez funcione. Vale la pena intentarlo, aparte, no puedo seguir usando… ¿de quién es este carro?

—De mamá. Le envié un mensaje esta mañana y le avisé que el tuyo estaba en el taller y que necesitábamos el de ella.

Me agrada este chico.

—Así que… Janette, ¿eh? —lo interpelo.

Él se asoma por la ventanilla.

—Cállate.

El frente de la Land Rover es una debacle de metal retorcido y escombros. Pero al parecer el daño es sólo estético, porque arrancó de inmediato.

Me tuve que contener para no entrar por la puerta y gritarle a esa mujer psicótica por tratar de engañarnos, pero no lo hice. El papá de Charlie ya ha desatado una tormenta de mierda por su causa.

Conduzco con tranquilidad hacia la casa de Charlie y la espero al final del camino, como quedamos. Le envío un mensaje para que sepa que vengo en un vehículo diferente.

Empiezo a elucubrar diversas teorías sobre lo que estamos viviendo, mientras la espero. Me cuesta trabajo porque las únicas explicaciones que se me ocurren no son realistas.

- Una maldición
- Fuimos secuestrados por alienígenas
- Un viaje en el tiempo
- ¿Tumores cerebrales gemelos?

Ninguna tiene sentido.

Estoy tomando notas cuando la puerta del copiloto se abre. Una ráfaga de aire se cuela con Charlie dentro del carro. El deseo de atraerla por completo a mi lado me embarga. Tiene el pelo húmedo y trae puesta otra ropa.

—Hola.

—Hola —saluda y se pone el cinturón de seguridad—. ¿Qué escribes?

Le entrego la libreta y la pluma y me echo en reversa. Ella empieza a leer mi resumen.

—No tiene sentido, Silas —dice cuando acaba—. Nos peleamos y terminamos la noche previa a que esto empezara. Al día siguiente, recordamos sólo cosas al azar, como libros y fotografías. Y esto continúa durante una semana, hasta que tú *no* pierdes la memoria y yo sí. —Ella sube los pies al asiento y golpetea la libreta con la pluma—. ¿Qué estamos obviando? Tiene que haber algo. Yo no recuerdo nada antes de esta mañana; entonces, ¿qué sucedió ayer para que tú *dejaras* de olvidar? ¿Pasó algo anoche?

No respondo de inmediato. Medito sus preguntas. Todo el tiempo dimos por sentado que otras personas tenían algo que ver con esto. Pensamos que el Camarón estaba involucrada, también que su madre lo estaba. Por un tiempo, quise culpar al padre de Charlie. Pero quizá no es nada de eso. Tal vez sólo se relaciona con nosotros.

Llegamos a mi casa sin estar más cerca de la verdad que esta mañana. Que hace dos días. Que la semana pasada.

—Entremos por atrás, en caso de que mis padres estén despiertos.

Lo último que necesitamos en este momento es que vean a Charlie entrando a hurtadillas en mi recámara. La puerta trasera nos evitará cualquier problema.

No está cerrada con llave, de modo que ingreso prime-ro. Cuando compruebo que está despejado, la tomo de la mano y la hago correr por la casa, subimos la escalera y entramos en mi recámara. Cierro la puerta con llave detrás de nosotros, ambos respiramos con dificultad. Ella se ríe y se tira en mi cama.

—Eso fue divertido —comenta—. Apuesto que lo he-mos hecho antes.

Se incorpora y aparta un mechón de cabello de sus ojos, sonriendo. Pasa la vista por el cuarto, con ojos que lo ven por primera vez. De inmediato siento esa nostalgia en el pecho, parecida a lo que experimenté anoche en el hotel, cuando ella se quedó dormida en mis brazos. La sensación de que haría lo que fuera por recordar cómo era amarla.

«Dios mío, quiero eso de vuelta». ¿Por qué rompimos? ¿Por qué permitimos que lo sucedido con nuestras familias se interpusiera entre nosotros? Viéndolo desde fuera, casi podría asegurarse que éramos almas gemelas antes de que todo se derrumbara. «¿Por qué creímos que podríamos alterar el destino?».

Me detengo.

Cuando me observa, nota que algo pasa por mi cabeza. Se acerca a la orilla de la cama y se inclina hacia mí.

—¿Recuerdas algo?

Me siento en la silla del escritorio y la giro hacia ella. Tomo sus manos entre las mías y las aprieto.

—No —murmuro—. Pero... podría tener una teoría.

Ella se sienta más derecha.

—¿Qué *tipo* de teoría?

Estoy convencido de que esto va a sonar más descabellado cuando lo pronuncie que ahora, cuando únicamente da vueltas en mi cabeza.

—Muy bien, aquí va... Esto podría parecer estúpido. Pero anoche... cuando estábamos en el hotel... —Ella asiente, animándome a continuar—. Una de las últimas ideas que se me ocurrió antes de dormirnos fue cómo, mientras tú estabas desaparecida, no me sentía completo. Pero cuando te encontré, por primera vez estuve seguro de que yo era Silas Nash. Hasta antes, no sentía que fuera *alguien*. Recuerdo que me juré, justo antes de dormirme, que nunca más permitiría que nos separáramos de nuevo. Así que estaba pensando...

Suelto su mano y me levanto. Camino de un lado a otro un par de veces, hasta que ella también se levanta. No debería sentir vergüenza por decir la siguiente parte en voz alta, sin embargo, la siento. Es ridículo, pero también lo es cada cosa alrededor nuestro justo ahora.

Froto mi nuca para deshacerme de los nervios. Miro a Charlie fijamente a los ojos.

—¿Charlie, y si... cuando rompimos alteramos el destino?

Espero que se carcajee, en cambio, una ráfaga de escalofríos cubre sus brazos. Ella se frota las extremidades para calmarlos y retrocede un poco en la cama.

—Eso es absurdo —interviene. Pero no suena convencida, lo que significa que, tal vez, una pequeña parte suya cree que vale la pena explorar mi teoría.

—¿Y si se supone que debemos de estar juntos? Y al cambiar eso se creó una especie de... no lo sé... ¿grieta?

Ella eleva los ojos al techo.

—¿Así que lo que insinúas es que el universo borró todos nuestros recuerdos porque terminamos? Eso es bastante narcisista.

Niego con la cabeza.

—Sé cómo se oye. Hipotéticamente hablando... ¿Qué tal si existen las almas gemelas? ¿Y una vez que se unen no pueden separarse?

Ella junta las manos en su regazo.

—¿Esa teoría cómo justifica que tú recordaste esta vez y yo no?

—Déjame pensarlo un minuto —le pido. No paro de pasearme por la habitación.

Ella aguarda paciente mientras arrastro los pies por el suelo. Levanto un dedo.

—Escúchame, ¿está bien?

—Te estoy escuchando.

—Nos hemos amado desde niños. Esta conexión ha durado toda nuestra vida, hasta que factores externos se interpusieron entre nosotros. El asunto de nuestros padres, las familias odiándose entre sí. Tu enojo conmigo porque creía que tu padre era culpable. Hay un patrón aquí, Charlie. —Levanto la libreta en donde he estado escribiendo y observo las cosas que recordamos naturalmente y las que no—. Nuestros recuerdos... nos acordamos de las cosas que no nos impusieron. Por lo que sentíamos pasión por cuenta nuestra. Tú recuerdas libros. Yo recuerdo cómo funciona una cámara. La letra de nuestras canciones favoritas. Ciertos datos de historia o anécdotas al azar. Pero lo que los demás nos impusieron, lo olvidamos. Como el futbol americano.

—¿Y las personas? —pregunta—. ¿Por qué olvidamos a todas las personas que conocíamos?

—Si recordáramos a la gente, tendríamos también *otros* recuerdos. Por ejemplo, cómo los conocimos, el impacto que tuvieron en nuestras vidas. —Rasco mi nuca—. No sé, Charlie. Mucho de esto no tiene sentido. Pero anoche sentí una conexión contigo. Como si te hubiera amado desde siempre. Y esta mañana… no perdí mis recuerdos. Eso debe de significar algo.

Charlie se levanta y me imita en lo de pasear por el cuarto.

—¿*Almas gemelas*? Es casi tan ridículo como lo de la maldición.

—O dos personas desarrollando amnesia en sincronía.

Ella entrecierra los ojos. Me doy cuenta de que su mente está trabajando porque muerde la yema de su pulgar.

—Bueno, explícame cómo te enamoraste de mí en sólo dos días. Y si somos almas gemelas, ¿por qué yo no me he enamorado de *ti*? —Deja de caminar y espera mi respuesta.

—Pasaste la mayor parte del tiempo encerrada en tu antigua casa. Mientras, yo te buscaba. Estuve leyendo nuestras cartas, revisando tu teléfono, tus diarios. Así que para cuando te encontré anoche, sentí que te conocía. Leer todo acerca de tu pasado volvió a conectarme contigo de cierta manera… provocó que volvieran mis antiguos sentimientos. Pero para ti… yo era apenas alguien más que un extraño.

Ambos nos sentamos de nuevo. Pensamos. Contemplamos la posibilidad de haber dado con una suerte de patrón.

—¿Así que lo que sugieres es que… éramos almas gemelas, pero influencias externas nos arruinaron como personas y dejamos de amarnos?

—Sí. Tal vez. Eso creo.

—¿Y seguirá pasando hasta que enderecemos las cosas?

Me encojo de hombros porque no estoy seguro. Es sólo una hipótesis. Pero tiene más sentido que cualquier otra cosa que se nos haya ocurrido.

Pasamos cinco minutos en total silencio. Ella finalmente se echa de espaldas sobre la cama con un suspiro pesado.

—¿Sabes lo que esto significa? —pregunta.

—No.

Ella se levanta sobre sus codos y me mira.

—Si esto es verdad... sólo tienes treinta y seis horas para que me enamore de ti.

No sé si tengo razón o si estamos por desperdiciar el resto de nuestro tiempo entrando en un callejón sin salida, pero sonrío, porque deseo sacrificar las siguientes horas para confirmar mi teoría. Me acerco a la cama y me echo junto a ella. Ambos observamos el techo.

—Bien, nenita Charlie —manifiesto—. Es mejor que empecemos.

Ella coloca un brazo sobre sus ojos y gruñe.

—No te conozco muy bien, pero me doy cuenta de que te diviertes con esto.

Sonrío, tiene razón.

—Es tarde —le digo—. Debemos tratar de dormir algo porque tu corazón va a tener mucho trabajo mañana.

Pongo mi alarma a las 6:00 a. m. para levantarnos y salir de la casa antes de que alguien más se despierte. Charlie duerme cerca de la pared, cae rendida en cuestión de minutos. Yo no tengo mucho sueño, así que saco uno de sus diarios de la mochila y decido leer algo.

Silas está loco.

De verdad... legalmente loco. Pero, por Dios, me divierto tanto con él. Empezó un juego que me obliga a seguir en ocasiones que se llama <<Silas dice>>. Es igual que <<Simón dice>>, pero con su nombre en lugar del de Simón. Como sea, él es más agradable que Simón.

Hoy estábamos en Bourbon Street y hacía tanto calor que empezamos a sudar sin control. No sabíamos dónde estaban nuestros amigos, además, no nos encontraríamos con ellos hasta dentro de otra hora. Yo siempre soy la quejumbrosa, pero esta vez hacía tanto calor que hasta él se quejaba un poco.

De cualquier modo, pasamos junto a un tipo trepado en un taburete que se había pintado de color plateado, como un robot. Había un letrero recargado contra el taburete que anunciaba: <<Hazme una

pregunta. Obtén una respuesta real. Sólo veinticinco centavos>>.

Silas me dio una moneda y la eché en la cubeta que había a un costado.

—¿Cuál es el significado de la vida? —cuestioné al hombre plateado.

Él giró la cabeza con rigidez y me miró directo a los ojos.

—Eso depende de la vida para la que buscas significado —dijo, con una voz robótica muy impresionante.

Giré los ojos en dirección a Silas. Otro truco para engañar a los turistas... Aclaré mi pregunta para no desperdiciar la moneda por completo.

—¿Cuál es el significado de *mi* vida?

Dio un paso raquítico para bajar de su taburete y se dobló en un ángulo de noventa grados. Con sus dedos de robot, tomó la moneda de la cubeta y la colocó en la palma de mi mano. Miró a Silas y luego a mí, y sonrió.

—Tú, querida, ya encontraste tu significado. Todo lo que queda por hacer es bailar.

Entonces el sujeto plateado empezó a bailar. De verdad... ni siquiera con un estilo de robot. Surgió una enorme y tonta sonrisa en su cara, levantó los brazos como una bailarina y brincó como si nadie lo estuviera viendo.

En ese momento, Silas tomó mis manos.

—Bai-la-con-mi-go —solicitó imitando la voz del robot.

Trató de jalarme a la calle para que bailara con él pero, ¡por Dios! No. ¡Qué vergüenza! Me aparté de él, pero me rodeó con sus brazos e hizo eso de poner su boca justo en mi oído. Él sabe que adoro eso, así que fue injusto.

—Silas dice... baila —susurró.

No sé qué sucedió en ese momento. Habrá sido que honestamente no le importó que nadie más nos viera o que aún hablaba con esa tonta voz de robot. Lo que haya sido, estoy muy segura de que hoy me enamoré de él. Una vez más, por completo. Por décima ocasión.

Así que hice lo que Silas dijo. Bailé. ¿Y sabes? Resultó divertido. Demasiado divertido. Bailamos por toda la plaza Jackson y todavía estábamos haciéndolo cuando nuestros amigos nos encontraron. Estábamos cubiertos de sudor y sin aliento, y si no hubiéramos sido nosotros los que estábamos en la acera, probablemente yo sería la chica que arrugó la nariz y murmuró: <<¡Qué oso!>>.

Pero no soy esa chica. Nunca quiero ser como ella. Por el resto de mi vida, quiero ser la chica que baila con Silas en la calle. Porque él está loco. Y por eso lo amo.

Cierro el diario. «¿En verdad habrá sucedido?». Quiero leer más, pero tengo miedo de que si continúo, encontraré cosas que no quiero recordar.

Lo coloco en mi mesita de noche y me doy la vuelta para pasar mi brazo alrededor de Charlie. Cuando despertemos mañana, sólo tendremos un día. Quiero que ella olvide lo que está pasando alrededor de nosotros, que se concentre genuinamente en nuestra conexión y en nada más.

Conociendo a Charlie… va a ser difícil. Necesitaré algunas locas habilidades para lograrlo.

Por fortuna… yo estoy loco. «Por eso ella solía amarme».

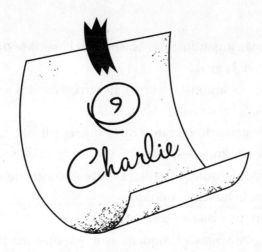

9

Charlie

—Muy bien, entonces, ¿cómo se supone que haremos esto? —pregunto mientras caminamos hacia el carro—. ¿Nos vamos por el Bayou en un bote de remos mientras los grillos cantan «Bésala»?

—No quieras pasarte de lista. —Silas sonríe. Antes de llegar al carro, me detiene, me toma de la mano y me jala hacia él. Lo observo, sorprendida—. Charlize. —Mira primero mis labios y luego mis ojos—. Dame media oportunidad, verás que puedo lograr que te enamores de mí.

Aclaro mi garganta y trato de apartar la vista, aunque no quiero.

—Bueno… empezaste bien, en verdad.

Me siento tan extraña, no sé cómo actuar, así que finjo un estornudo. Él ni siquiera responde: «salud». Sólo me sonríe, como si supiera que fue falso.

—Detente —le pido—. Me estás mirando.

—De eso se trata, Charlie. Mírame a los ojos.

Estallo en risas.

—Estás jugando, Silas Nash —reclamo. Me dirijo hacia mi lado del carro.

Cuando ambos estamos dentro, con los cinturones puestos, Silas se voltea hacia mí.

—De acuerdo con una carta que escribiste, la primera vez que tuvimos sexo fue...

—No. No quiero ir allí. ¿Dónde encontraste esa carta? Creí que la había escondido.

—No muy bien —sonríe Silas.

Me gusta Silas, el coqueto. Aunque mañana olvidemos todo de nuevo, por lo menos pinta para ser un buen día con todo esto.

—Vamos a algún lugar divertido —solicito—. No recuerdo la última vez que me divertí.

Ambos estallamos en carcajadas al mismo tiempo. Realmente me agrada Silas. Es tan fácil estar cerca de él. Quizá se pasa de risueño. Estamos completamente jodidos en este momento y él sigue sonriente. Preocúpate un poco, muchacho. Él me provoca a la risa cuando debería estar consternada.

—Está bien. Aunque me gustaría más ir a ese lugar de la carta donde hice esa cosa con mi lengua, pero...

En cuanto las palabras salen de su boca, mi puño se estira y le da un golpe en el brazo. Es automático (debe pertenecer a Charlie). Él toma mi mano antes de que pueda apartarla y la lleva hacia su pecho. Esto también se siente como algo de antes, algo que pertenece a ellos (a Charlie y a Silas, no a este sujeto y a mí).

La posición en que quedamos me hace sentir agotada. No puedo permitirme el cansancio, así que me aparto y miro por la ventanilla.

—Te defiendes con todas tus fuerzas —me reta—. Eso desafía nuestra teoría.

Tiene razón, así que para hacer las paces, me estiro y tomo su mano.

—Esta soy yo, enamorándome de ti —le digo—. Amor profundo, del alma.

—Me pregunto si serás menos necia cuando recuperes la memoria.

Enciendo la radio con la mano que tengo libre.

—Lo dudo —sentencio.

Me gusta ser la razón de sus sonrisas. No se requiere mucho para que las comisuras de sus labios se tuerzan, pero para que su boca se curve por completo, debo ser extradescarada. Ahora, mientras avanza entre el tráfico, sonríe de lleno. Lo miro sin que se dé cuenta. Actuamos como si nos conociéramos, aunque nuestras mentes conscientes no reconozcan al otro. ¿Por qué pasa esto?

Vuelvo a agarrar la mochila para buscar más respuestas en sus cartas o mis diarios.

—Charlie, no vas a encontrar nada allí. Sólo sígueme en esto. No te preocupes por lo demás.

Obedezco. No sé adónde vamos. Tampoco sé si él tiene idea, pero llegamos a un estacionamiento justo cuando empieza a llover. No hay otros carros y el agua cae con tal fuerza que no alcanzo a ver lo que hay alrededor.

—¿Dónde estamos?

—No lo sé —contesta Silas—. Pero debemos salir del carro.

—Está lloviendo.

—Sí. Silas dice... sal del carro.

—¿Silas dice...? ¿Como «Simón dice»?

Él se me queda mirando, a la expectativa, así que me encojo de hombros. Honestamente, ¿qué tengo que perder? Abro la puerta del carro y salgo a la lluvia. Es cálida. Levanto el rostro y dejo que me golpee.

Escucho que Silas azota la puerta y corre hacia la parte delantera del automóvil, luego se para enfrente de mí.

—Silas dice... corre alrededor de la camioneta cinco veces.

—Eres raro, ¿lo sabes?

Me mira con autoridad. Me encojo de hombros de nuevo y corro. Se siente bien. Como si cada paso ayudara a que la tensión salga de mi cuerpo.

No lo veo cuando paso corriendo junto a él; me concentro en no caerme. Tal vez Charlie sea corredora. Cinco vueltas después, me detengo. Ambos estamos empapados por completo. De sus pestañas cuelgan gotas de agua que van a resbalar por su cuello bronceado. ¿Por qué siento la urgencia de rozar con mi lengua esos surcos de agua?

«Ah, sí». Estábamos enamorados. O quizás porque él es endiabladamente atractivo.

—Silas dice... entra en ese local y pide un *hotdog*. Cuando te digan que no tienen, golpea el suelo fuerte con tu pie y grita como lo hiciste ayer en el hotel.

—Qué…

Cruza sus brazos sobre su pecho.

—Silas dice…

¿Por qué demonios estoy haciendo esto? Le lanzo la mirada más sucia que puedo y salgo en dirección del local. Es una agencia de seguros. Abro la puerta de golpe y tres adultos con aspecto malhumorado levantan la cabeza. Uno de ellos incluso arruga la nariz en dirección mía, como si yo no supiera que escurro agua por todos lados.

—Quiero un *hotdog* con todo —digo.

Me topo con seis ojos en blanco.

—¿Estás borracha? —me pregunta la recepcionista—. ¿Necesitas ayuda? ¿Cómo te llamas?

Golpeo el piso con mi pie y lanzo un grito que hiela la sangre, ante lo cual los tres dejan lo que están haciendo y se miran entre sí.

Aprovecho el momento de sorpresa para salir corriendo. Silas me está esperando afuera. Se dobla de la risa.

Lo golpeo en el brazo y luego ambos corremos a la Land Rover.

Puedo oír que mi propia risa se mezcla con la suya. Fue divertido. Saltamos dentro del carro y nos alejamos de ahí justo cuando Gruñón Uno, Dos y Tres salen a averiguar qué está pasando.

Silas maneja unos cuantos kilómetros antes de detenerse en otro estacionamiento. Esta vez hay un anuncio brillante: ¡El mejor café y los mejores buñuelos de Luisiana!

—Estamos empapados —expreso, sin borrar del todo la sonrisa de mi cara—. ¿Sabes qué revoltijo vamos a hacer sobre unos buñuelos?

—Silas dice... come diez buñuelos.

—*Ugh*. ¿Por qué tienes que actuar como un robot cuando juegas a esto? Me asustas.

Él no responde. Nos sentamos en una mesa cerca de la ventana y ordenamos café y dos docenas de buñuelos. La mesera no parece preocupada por nuestras ropas húmedas ni por el hecho de que Silas habla con voz de robot.

—La mesera piensa que somos guapos —le comento a Silas.

—Lo somos.

Elevo los ojos al techo. «¿Charlie pensaría que esto es divertido?».

Cuando llegan nuestros buñuelos, tengo tanta hambre que no me preocupo por la ropa ni por el cabello mojado. Me hundo en la comida, gimiendo cuando la pasta tibia toca mi lengua. Silas me observa entretenido.

—Realmente te gustan, ¿eh?

—En realidad están horribles —digo—. Lo que me gusta es el juego.

Comemos todos los que podemos hasta que quedamos cubiertos de azúcar glas. Antes de irnos, Silas frota un poco más de azúcar en mi cara y mi pelo. Le regreso el favor. Este chico es divertido. Tal vez comienzo a entender lo que Charlie ve en él.

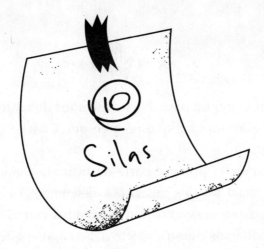

10

Silas

Ella pone de su parte en el juego. Casi no había sonreído en los últimos días que he compartido con ella, pero ahora no deja de hacerlo.

—¿Adónde vamos ahora? —pregunta, entusiasmada. Todavía tiene azúcar espolvoreada en la comisura de la boca. Estiro la mano y la limpio con mi pulgar.

—Al barrio francés —aclaro—. Hay muchos lugares románticos allí.

Ella eleva los ojos, está viendo fotos en su teléfono.

—Me pregunto qué solíamos hacer para divertirnos. Además de tomarnos *selfies*.

—Por lo menos eran buenas *selfies*.

Ella me lanza una mirada de lástima.

—Esa es una contradicción. No existen las buenas *selfies*.

—He visto las fotos de tu celular y no estoy de acuerdo.

Ella hunde su cabeza y mira por la ventanilla, pero puedo apreciar el rosado de sus mejillas que se torna casi rojo.

No tengo ningún plan. Nos atascamos de tantos buñuelos en el desayuno, que no creo que Charlie quiera almorzar.

Pasamos la primera parte de la tarde caminando de arriba abajo por las calles, nos detenemos casi en cada tienda. Ambos estamos tan fascinados con el escenario que olvidamos nuestro objetivo. Se supone que debo lograr que se enamore de mí. «Regresa al camino, Silas».

Estamos en Dauphine Street cuando pasamos por lo que aparenta ser una librería. Charlie se da la vuelta y me toma de las manos.

—Ven —dice, llevándome al interior de la tienda—. Estoy segura de que el camino a mi corazón está aquí.

Hay libros apilados de piso a techo, en todas las formas posibles. De lado, bocabajo, libros usados como repisas para apoyar más libros. Hay un hombre sentado detrás de una caja registradora, a la derecha, que también está cubierta por libros. Mueve la cabeza a manera de saludo cuando entramos. Charlie se dirige al fondo, que no está muy lejos. Es un local pequeño, pero hay más libros de los que una persona podría leer en toda su vida. Ella pasa los dedos por los libros cuando camina junto a ellos, mira arriba, abajo, alrededor. Da un giro cuando llega al final del pasillo. Se encuentra definitivamente en su elemento, lo recuerde o no.

Está de cara al rincón, saca un libro de pastas rojas del estante. Me acerco y le doy otra tarea de «Silas dice».

—Silas dice… abre el libro en una página al azar y lee las primeras frases que veas…

Ella se ríe.

—Eso es fácil.

—No he terminado. Silas dice… lee las frases a todo pulmón.

Ella se da la vuelta para quedar de frente a mí, con los ojos muy abiertos. Una sonrisa traviesa se asoma por su boca. Se yergue mientras sostiene el libro enfrente de ella.

—Bien —advierte—. Tú lo pediste. —Se aclara la garganta y luego, con la mayor fuerza posible, lee—: ¡Hizo que me casara con ella! ¡Hizo que le comprara un avión mágico para llevarla lejos, volando a un lugar donde nada malo pudiera ocurrir jamás! ¡Hizo que me esparciera pegamento por todo el pecho y luego me acostara sobre ella para que quedáramos pegados, juntos, y así doliera horrores si alguna vez tratábamos de separarnos!

Charlie se muere de la risa cuando termina. Pero cuando cae en la cuenta de las palabras que acaba de leer, su risa se desvanece. Pasa los dedos por las frases como si significaran algo para ella.

—Eso fue realmente dulce. —Hojea el libro. Apenas en un susurro, empieza a leer de nuevo otro párrafo que apunta con el dedo—. *El destino es la atracción magnética de nuestras almas hacia la gente, los lugares y las cosas que son parte de nosotros.*

Observa el libro por un momento y luego lo cierra. Lo coloca de nuevo en el estante, pero separa los que están alrededor, el libro que tenía queda desplegado de manera más prominente.

—¿Crees eso?

—¿Qué parte?

Ella se recarga contra una pared de libros y mira por encima de mi hombro.

—Que nuestras almas sienten atracción por las personas que son parte de nosotros.

Acerco mi mano para apartarle un mechón de pelo. Deslizo mis dedos hacia abajo y enredo el mechón en uno de ellos.

—No sé si normalmente creería en eso de las almas gemelas —le explico—. Pero durante las próximas veinticuatro horas, me jugaría la vida para que fuera verdad.

Ella presiona por completo su espalda contra la pared de libros, frente a mí. Entregaría mi vida al destino ahora mismo. De alguna manera que no comprendo, siento más por esta chica de lo que cabe en mi interior. Y, más que nada en el mundo, deseo que ella sienta lo mismo. Que quiera lo mismo. Lo que quiero… en este mismo instante… es que mi boca esté en la suya.

—Charlie… —Suelto el mechón de pelo y llevo mi mano a su mejilla. La toco con suavidad, recorro su pómulo con la yema de mis dedos. Su respiración es rápida y superficial—. Bésame.

Ella se recarga contra mi mano, sus ojos revolotean. Por un momento, creo que va a hacerlo. Pero, entonces, una sonrisa se roba su expresión cálida.

—Silas no lo dijo —sentencia.

Ella pasa bajo mi brazo y desaparece deprisa por el siguiente pasillo. No la sigo. Tomo el libro que leyó y lo pongo bajo mi brazo mientras me dirijo a la caja.

Ella sabe lo que me dispongo a hacer. El tiempo que paso en la caja, ella me mira desde el pasillo. Después de comprar el libro, salgo y dejo que la puerta se cierre detrás de mí. Espero unos segundos para ver si me sigue, pero no lo hace. Esa es la Charlie obstinada que conozco.

Me quito la mochila del hombro y guardo el libro. Saco mi cámara y la enciendo.

Ella permanece en la librería otra media hora. No me importa. Sé que sabe que estoy aquí. Tomo una fotografía tras otra, absorto en la gente que pasa y en la manera en que el sol se pone sobre los edificios, arrojando sombras sobre las cosas más pequeñas. Capturo todo eso con la cámara. Cuando por fin Charlie sale, la batería casi se ha agotado.

Ella camina hasta mí.

—¿Dónde está mi libro? —pregunta.

Me cuelgo de nuevo la mochila.

—No compré ese libro para ti. Lo hice para mí.

Ella resopla y me sigue cuando avanzo por la calle.

—Esa no es una buena jugada, Silas. Se supone que debes ser considerado, no egoísta. Quiero enamorarme de ti, no enojarme contigo.

Me río.

—¿Por qué presiento que contigo el amor y el enojo van de la mano?

—Bueno, tú me *has* conocido más tiempo del que yo me conozco a mí misma. —Ella me toma del brazo para detenerme—. ¡Mira! ¡Cangrejos! —Me arrastra hacia el restaurante—. ¿Nos gustarán los cangrejos? ¡Tengo mucha hambre!

Resulta que no nos gustan los cangrejos. Por fortuna, también había tiras de pollo en el menú. El pollo sí nos agrada a ambos.

—Debemos anotar eso en algún lado —comenta; camina de reversa por en medio de la calle—, que odiamos los cangrejos. No quiero revivir esa horrible experiencia.

—¡Espera! Estás a punto de —Charlie cae sobre su trasero antes de que pueda terminar la frase— ...caer en un bache —finalizo.

La ayudo a levantarse, pero no puedo hacer gran cosa por sus pantalones. Finalmente nos habíamos secado después de la lluvia, y ahora se han vuelto a empapar. Y esta vez con agua fangosa.

—¿Estás bien? —cuestiono, tratando de no reírme. *Tratando* es la palabra clave. Porque me estoy riendo con más fuerza que en todo el día.

—Sí, sí —dice ella, intentando limpiarse el lodo de los pantalones y las manos. Ella entrecierra los ojos y señala el charco de lodo—. Charlie dice... siéntate en el bache, Silas.

Niego con la cabeza.

—No. De ninguna manera. El juego se llama «Silas dice». No «Charlie dice».

Ella arquea una ceja.

—Ah, ¿de verdad? —Se acerca un paso—. Charlie dice... siéntate en el bache. Si Silas hace lo que Charlie dice, Charlie hará cualquier cosa que Silas diga.

¿Es una especie de invitación? «Me gusta la Charlie coqueta». Observo el bache. No es *tan* profundo. Me volteo y bajo el cuerpo hasta quedar sentado en el charco de agua lodosa, con las piernas cruzadas. Mantengo mis ojos en la cara de Charlie, sin atestiguar la atención de los transeúntes, que seguramente atraemos. Ella se traga la risa, pero compruebo el placer que le causa esto.

Permanezco en el bache hasta que empiezo a avergonzar incluso a Charlie. Después de varios segundos, también me recargo sobre los codos. Alguien me saca una foto, así que ella hace una seña para que me ponga de pie.

—Levántate —ordena, mirando alrededor—. Apúrate.

Sacudo la cabeza.

—No puedo. Charlie no lo dijo.

Ella toma mi mano, ríe.

—Charlie dice *levántate*, tonto. —Me ayuda a ponerme de pie y agarra mi camisa, esconde su cara entre mi pecho—. Oh, Dios mío, todos nos están viendo.

La abrazo y comienzo a mecerme de un lado al otro, lo que con toda probabilidad ella no esperaba. Me mira por entre la camisa, que aún aprieta con los puños.

—¿Podemos irnos ahora? Vámonos.

Niego con la cabeza:

—Silas dice... baila.

Sus cejas se juntan en un gesto arrugado.

—¡No lo dices en serio!

Hay varias personas detenidas en la calle, algunas de ellas nos toman fotos. No las culpo. Yo también tomaría fotos de un idiota que se sentó por voluntad propia en un charco de lodo.

Hago que suelte mi camisa y que sostenga mis manos mientras la obligo a bailar una música inexistente. Al principio está tiesa, pero luego deja que la risa supere su vergüenza. Nos mecemos y bailamos por Bourbon Street, saltando entre la gente. Todo el tiempo, ella se ríe como si no le importara el mundo en absoluto.

Llegamos a un hueco entre la multitud. Ya no damos vueltas, ahora la atraigo hacia mi pecho y nos mecemos suavemente, hacia delante y atrás. Ella me está mirando, sacude la cabeza.

—Estás loco, Silas Nash.

Afirmo con la cabeza.

—Qué bien. Eso es lo que te encanta de mí.

Su sonrisa se desvanece por un momento y su expresión provoca que la deje de mecer. Coloca su palma sobre mi corazón y observa el dorso de su mano. Supongo que más que latidos, la vibración que percibe de mi corazón es parecida a un tambor en medio de una procesión.

Nuestros ojos se encuentran. Separa los labios y susurra.

—Charlie dice... besa a Charlie.

La hubiera besado de cualquier manera. Mi mano envuelve su pelo un segundo antes de que mis labios se encuentren con los suyos. Cuando su boca se abre para recibir la mía, siento como si ella hiciera un agujero en mi pecho y apretara mi corazón con la mano. Duele. No, no duele, es hermoso, es aterrador. Quiero que este momento dure una eternidad, pero me quedaré sin aliento si el beso dura un minuto más. Mi brazo rodea su cintura y, cuando la acerco, ella gime en silencio dentro de mi boca. «Dios mío».

Para lo único que tengo espacio en la cabeza es para la firme convicción de que *definitivamente* el destino sí existe. Destino... almas gemelas... como se llame. *Todo* existe. Porque así es como se siente su beso. «Existencia».

Saltamos cuando alguien choca contra nosotros. Nuestras bocas se separan, pero se requiere un gran esfuerzo para liberarnos de la atracción que nos somete. El ruido de las puertas abiertas a lo largo de la calle regresa a mi conciencia. Las luces, las personas, las risas. Todas las cosas externas que por diez segundos habían quedado bloqueadas. El sol está terminando de ocultarse y la noche transforma la calle en otro mundo. Lo que más quiero es salir de aquí. Sin embargo, ninguno de los dos parece capaz de moverse. Siento como si mi brazo pesara diez kilos cuando lo estiro para tomar su mano. Ella desliza sus dedos entre los míos y empezamos a caminar en silencio, de regreso al estacionamiento.

Ninguno de los dos dice una palabra durante toda la caminata. Una vez que estamos dentro del carro, espero un momento antes de encenderlo. Las cosas son demasiado pesadas. No, quiero empezar a manejar hasta que expresemos cualquier cosa que sea necesario decir. Besos como ese no pueden quedarse sin reconocimiento.

—¿Ahora qué? —pregunta ella, mirando por la ventanilla.

La observo por un momento, pero ella no se mueve. Como si estuviera congelada. Suspendida en el tiempo entre el último beso y el que pudiera estar por venir.

Me pongo el cinturón de seguridad y enciendo el auto. «¿Ahora qué?». No tengo idea. Quiero besarla un millón de veces más, pero cada beso terminaría como este primero. Con miedo de no recordarlo mañana.

—Debemos regresar a casa y pasar una noche decente de sueño —digo—. También necesitamos tomar más notas en caso de que… —Yo mismo me interrumpo.

Ella se pone el cinturón de seguridad.

—En caso de que no existan las almas gemelas… —termina.

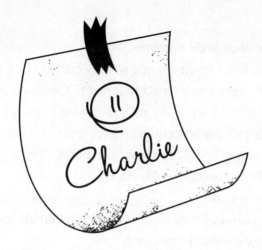

11

Charlie

Durante el viaje de regreso a la casa de Silas, pienso en todo lo que hemos aprendido hoy. En mi padre y en que no es un buen ser humano. En parte, tengo miedo de que ser o no una buena persona sea algo hereditario. He leído suficiente sobre cómo solía ser yo, como para darme cuenta de que no trataba muy bien a las personas. Incluido Silas.

Sólo espero que esa persona en quien me convertí fuera resultado de influencias externas, y no lo que siempre seré: una persona vengativa, infiel y que se protege de todos.

Abro la mochila y empiezo a leer las notas mientras Silas conduce. Encuentro algo acerca de los archivos que Silas robó a su padre, y que sospechamos que podrían implicar al mío. ¿Por qué Silas haría eso? Si mi padre es culpable, y ahora creo que lo es, ¿por qué Silas querría ocultarlo?

—¿Por qué crees que robaste esos archivos a tu padre? —le pregunto.

Él se encoge de hombros.

—No lo sé. Lo único que se me ocurre es que tal vez los escondí porque me sentía mal por ti. Quizá no quería que tu padre fuera a prisión más tiempo del que ya le habían dictado, porque te rompería el corazón.

Eso suena como algo que Silas haría.

—¿Todavía están en tu cuarto?

Silas asiente.

—Eso creo. Estoy seguro de que leí en algún lado que los guardé cerca de mi cama.

—Cuando lleguemos a tu casa, creo que debes entregárselos a tu padre.

Silas me mira a través de los asientos.

—¿Estás segura?

Muevo la cabeza afirmativamente.

—Él arruinó muchas vidas, Silas. Merece pagar por ello.

—¿Charlie no sabía que tú los tenías?

Estoy afuera del estudio del padre de Silas. Cuando entramos y nos vio juntos, pensé que lo iba a golpear. Silas le pidió cinco minutos para explicarle todo. Corrió escaleras arriba, tomó los archivos y se los dio a su padre.

No puedo escuchar toda la conversación. Silas está contando que él los escondió para protegerme. Se está disculpando. Su padre calla. Y luego…

—¿Charlie? ¿Puedes pasar, por favor?

Me asusta. No igual que mi padre. Clark Nash es intimidante, pero no parece malvado. A diferencia de Brett Wynwood.

Entro en la oficina y él me hace una seña para que me siente junto a Silas. Obedezco. Clark Nash se pasea alrededor de su escritorio varias veces, hasta que se detiene. Cuando nos encara, me mira directamente.

—Te debo una disculpa.

Estoy segura de que puede contemplar la sorpresa en mi expresión.

—¿De verdad?

Él asiente.

—He sido injusto contigo. Lo que tu padre nos hizo (a mí y a la compañía) no tenía nada que ver contigo. Pero te culpé cuando los archivos se perdieron, porque sabía con qué fiereza estabas de su lado. —Mira otra vez a Silas y dice—: Mentiría si dijera que no estoy decepcionado de ti, Silas. Interferiste con una investigación federal...

—Tenía dieciséis años, papá. No sabía lo que hacía. Pero ahora sí, y Charlie y yo queremos hacer las cosas correctamente.

Clark Nash asiente y luego se deja caer en la silla de su escritorio.

—¿Así que esto significa que te veremos más a menudo, Charlie?

Miro a Silas y luego de vuelta a su padre.

—Sí, señor.

Él sonríe un poco. Pero luego agranda la mueca y su sonrisa se parece a la de Silas. Clark debería sonreír con más frecuencia.

—Muy bien —finaliza.

Silas y yo comprendemos que debemos partir. Mientras subimos, él finge caerse, hundiéndose en la parte superior de las escaleras mientras presiona su pecho.

—Por Dios, ese hombre es aterrador —murmura.

Me río y lo jalo para que se ponga de nuevo en pie.

Por lo menos, si las cosas no funcionan en nuestro favor mañana, habremos hecho una buena acción.

—Fuiste una buena compañera de juego hoy —dice Silas, lanzándome una playera.

Estoy sentada en el piso, con las piernas cruzadas. La atrapo y la extiendo para ver lo que tiene al frente. Es de un campamento. Sólo me ofrece eso, nada de pantalones.

—¿Esta es tu forma de coquetear conmigo? —pregunto—. ¿Llamarme «compañera de juego» a manera de cumplido?

Silas hace un gesto.

—Observa este cuarto. ¿Ves algo relacionado con juegos?

Es verdad. Parece que está más involucrado con la fotografía que con cualquier otra cosa.

—Juegas en el equipo de futbol americano —increpo.

—Claro, bueno, no es algo que yo quiera.

—Charlie dice… deja el equipo de futbol —lo reto.

—Tal vez lo haga.

Tras eso, abre la puerta de su recámara de par en par. Escucho que baja corriendo las escaleras de dos en dos. Espero un momento a la expectativa de qué se trae entre manos. Poco después sube deprisa. Su puerta vuelve a abrirse y él sonríe.

—Acabo de anunciarle a mi padre que dejo el equipo de futbol —dice con orgullo.

—¿Qué respondió?

Se encoge de hombros.

—No sé. Debió asustarme, porque subí corriendo las escaleras luego, luego. —Me guiña un ojo—. ¿Y a qué vas a renunciar *tú*, Charlize?

—A mi papá. —Mi respuesta sale con facilidad—. Charlie necesita alejarse de todo lo que impida su crecimiento emocional.

Silas deja lo que está haciendo para verme. Es una mirada extraña. Una con la que me siento familiarizada.

—*¿Qué pasa?* —De pronto siento que debo ponerme a la defensiva.

Él niega con la cabeza.

—Nada. Fue una buena idea, es todo.

Abrazo mis rodillas y miro la alfombra. ¿Por qué cuando él me felicita todo mi cuerpo trabaja a doble marcha? Sus opiniones no pueden importarle tanto a Charlie. *A mí.* Lo recordaría si así fuera. De todos modos, ¿las opiniones de quién importan en la vida? ¿Las de tus padres? «Las de los míos estaban jodidas». ¿Las de tu novio? «Si mi novio no fuera casi un santo, como Silas Nash, esas podrían estar muy erradas». Pienso qué le respondería a Janette si ella me hiciera esta pregunta.

—Confía en tus instintos —pronuncio en voz alta.

—¿De qué hablas? —pregunta Silas.

Él está escarbando dentro de una caja que encontró en su clóset, pero se voltea para verme.

—Confía en tus instintos. No en tu corazón, porque este se la pasa complaciendo a la gente; y tampoco en tu cerebro, porque depende demasiado de la lógica.

Él asiente lentamente, sin apartar la vista de mí.

—Charlize, eres muy sexy cuando te pones profunda y dices cosas como esa. Así que, a menos que quieras jugar otra ronda de «Silas dice», tal vez quieras dejar de lado esos pensamientos.

Pongo la playera en el suelo y lo miro. Pienso en lo que pasó hoy. En nuestro beso y en que mentiría si dijera que no esperaba otro beso así esta noche, ahora, en privado, sin una docena de ojos sobre nosotros. Estiro la mano hacia abajo y jalo un pedazo de la alfombra. Puedo sentir que el calor se agolpa en mi rostro.

—¿Y qué si yo quiero jugar otra ronda de «Silas dice»? —pregunto.

—Charlie… —empieza, como si mi nombre fuera una advertencia.

—¿Qué diría Silas?

Nos ponemos de pie. Él pasa una mano por su nuca y mi corazón golpea como si tratara de liberarse y salir huyendo del cuarto, antes de que Silas pueda llegar a él.

—¿Estás segura de esto? —inquiere, barriéndome con los ojos.

Afirmo con la cabeza. *Por qué no.* De acuerdo con nuestras cartas, esta no sería la primera vez que lo hiciéramos y hay altas probabilidades de que no lo recordemos mañana.

—Estoy segura —confirmo, intentando mostrarme más fuerte de lo que ahora mismo me siento —. Es mi cosa favorita.

De pronto parece firme, más plantado en su propia piel. Es emocionante verlo así.

—Silas dice… quítate la blusa.

Alzo las cejas, pero hago lo que me pide, pasando el dobladillo de la blusa por arriba de mi cabeza. Escucho que respira hondo, pero no puedo verlo a los ojos. El tirante de mi brasier se cae de mi hombro.

—Silas dice… baja el otro tirante.

La mano me tiembla un poco mientras lo hago. Da un paso lento hacia mí, contemplando mi brazo que todavía está cruzado sobre mi pecho. Sus ojos parpadean hacia los míos. Las comisuras de su boca se elevan. Él cree que voy a abandonar el juego. Lo sé.

—Silas dice… abre el broche.

El broche está al frente. Mantengo los ojos fijos en los suyos mientras lo abro. La nuez de su garganta se agita mientras me lo quito del todo y lo cuelgo en la yema de mi dedo. El aire frío y, sobre todo, su mirada hacen que me quiera dar la vuelta. Sus ojos siguen el brasier mientras cae al suelo. Cuando hace contacto visual conmigo, está sonriendo. No sé qué hace: parece tan feliz y tan serio al mismo tiempo.

—Silas dice... ven aquí.

No puedo contrariarlo cuando me mira así. Camino hacia él. Cuando estoy lo suficientemente cerca, él estira la mano. La coloca detrás de mi cabeza y trenza sus dedos entre mi pelo.

—Silas dice...

—Cállate, Silas —interrumpo—. Sólo bésame.

Baja la cabeza y atrapa mis labios en un beso profundo que me inclina hacia arriba. Presiona su boca contra la mía en un beso suave; una, dos, tres veces, antes de separar mis labios con su lengua. Besar a Silas es rítmico, como si hubiéramos tenido otras tardes, además de esta, para perfeccionarlo. Su mano aprieta fuertemente mi pelo en la zona del cuero cabelludo, provoca que se me debiliten las rodillas. Me quedo sin aliento y mis ojos se ponen vidriosos.

¿Confío en él?

«Confío en él».

—Charlie dice... quítate la camisa —dicto contra su boca.

—El juego se llama «Silas dice».

Subo mis manos por la cálida piel de su estómago.

—Ya no.

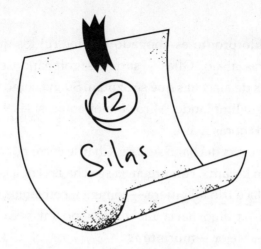

12

Silas

—Nenita Charlie —susurro, colocando mi brazo sobre ella. Presiono mis labios contra la curva de su hombro. Ella gruñe, luego jala las cobijas sobre su cabeza—. Charlie, es hora de despertar.

Ella se gira para darme la cara, pero permanece bajo la cobija. Paso esta sobre mi cabeza, para que ambos quedemos cubiertos. Ella abre los ojos y frunce el ceño.

—Hueles bien —dice—. No es justo.

—Tomé una ducha.

—¿Y te cepillaste los dientes?

Afirmo con la cabeza y su frente se arruga.

—Eso no es justo. También quiero cepillar los míos.

Retiro la cobija de nuestras cabezas, ella se cubre los ojos con una mano y gruñe.

—Entonces apúrate y cepíllate los dientes para que puedas regresar y darme un beso.

Se arrastra a duras penas fuera de la cama y se abre paso al baño. Escucho que el agua corre en el lavabo, pero el sonido pronto es ahogado por los ruidos que vienen escaleras abajo. Ollas y sartenes golpeándose entre sí, puertas de alacenas que se azotan. Suena como si alguien estuviera limpiando. Miro el reloj, son casi las 9:00 a. m.

«Dos horas más».

La puerta del baño se abre, Charlie corre por el cuarto y salta en la cama, con urgencia se echa las cobijas encima.

—Hace frío allá fuera —comenta, con labios tembloro-sos. La atraigo hacia mí y presiono mi boca contra la suya—. Mejor —murmura.

Perdemos la noción del tiempo cuando nos besamos.

—Silas —susurra, mientras me estoy abriendo paso por su cuello—. ¿Qué hora es?

Estiro la mano hacia la mesa de noche y miro mi telé-fono.

—Nueve y cuarto.

Ella suspira, sé con exactitud lo que está pensando. Comparto ese pensamiento.

—No quiero olvidar esta parte —dice, mirándome. Puedo sentir que su corazón está roto.

—Yo tampoco.

Me besa de nuevo, suavemente. Puedo percibir que su corazón se acelera y estoy consciente de que no es porque nos besamos debajo de las cobijas, sino porque está asustada. Desearía llevarla adonde no tuviera nada que temer, pero no puedo. La atraigo hacia mí y la abrazo. Me quedaría aquí para siempre, pero sé que tenemos cosas que hacer justo ahora.

—Esperaremos lo mejor, pero debemos prepararnos para lo peor —sugiero.

Ella asiente refugiada en mi pecho.

—Lo sé. Cinco minutos más, ¿te parece? Vamos a quedarnos aquí por cinco minutos más y finjamos que estamos enamorados como antes.

Exhalo.

—En este momento, yo no necesito fingir, Charlie.

Ella sonríe y presiona sus labios contra mi pecho.

«Quince minutos. Cinco no son suficientes».

Cuando se esfuma nuestro tiempo, me arrastro fuera de la cama y la ayudo a levantarse.

—Debemos desayunar. Así, si dan las once y perdemos la memoria de nuevo, pasarán varias horas antes de preocuparnos por la comida.

Nos vestimos y nos dirigimos escaleras abajo. Ezra está limpiando los trastes del desayuno cuando entramos en la cocina. Observa a Charlie, quien se frota los ojos para apartar el sueño, y eleva una ceja en mi dirección. Piensa que abuso de mi suerte al tener a Charlie en casa.

—No te preocupes, Ezra. Papá ya me dio permiso para amarla.

Ezra me devuelve la sonrisa.

—¿Los dos tienen hambre? —pregunta.

Afirmo con la cabeza.

—Sí. Pero podemos prepararnos nuestra propia comida —digo.

Ezra agita una mano en el aire.

—No digas tonterías. Te haré tu favorito.

—Gracias, Ezra —responde Charlie con una sonrisa.

Una leve expresión de sorpresa se asoma por la cara de Ezra antes de que se encamine hacia la despensa.

—Dios mío —susurra Charlie—. ¿Crees que realmente era así de nefasta? ¿Que se sorprenda sólo de escuchar que le agradezco?

En ese momento, mi madre entra en la cocina. Se detiene de golpe al ver a Charlie.

—¿Pasaste la noche aquí? —No parece muy complacida.

—No —miento—. La acabo de recoger.

Los ojos de mi madre se entrecierran. No es necesario tener recuerdos para saber que ella sospecha algo.

—¿Por qué no están en la escuela?

Ambos nos quedamos callados por un instante.

—Tenemos el día libre —interviene Charlie deprisa.

Mi madre asiente sin cuestionar más. Camina hacia la despensa y empieza a platicar con Ezra.

—¿Cómo que tienen el día libre? —murmuro.

Charlie se encoge de hombros.

—No tengo idea, pero creo que sonó convincente —se ríe y luego agrega—: ¿Cómo se llama tu madre?

Abro la boca para responder, pero me quedo completamente en blanco.

—No tengo idea. No creo haberlo leído en ninguna de las notas.

Mi madre asoma la cabeza.

—Charlie, ¿vendrás a cenar con nosotros esta noche?

Charlie nos mira, primero a mí y luego a mi madre.

—Sí, señora. Si logro recordarlo.

Nos reímos y, por una fracción de segundo, olvido lo que está a punto de suceder.

Descubro a Charlie mirando el reloj que está sobre el horno. Detecto su preocupación, no sólo está en sus ojos, sino en cada ápice de ella. Tomo su mano y la aprieto.

—No pienses en eso. No durante otra hora.

—No comprendo cómo alguien podría olvidar lo estupendo que es esto —dice Charlie, dando una última mordida a lo que Ezra nos cocinó. Algunos podrían llamarlo desayuno, pero una comida como esta merece una categoría aparte—. ¿Me puedes repetir cómo se llama?

—Pan francés con Nutella —responde Ezra.

Charlie escribe «Pan francés con Nutella» en un papel y dibuja dos corazones a un lado. Luego agrega una frase complementaria: «¡Odias los cangrejos, Charlie!».

Antes de salir de la cocina e irnos a mi cuarto, Charlie se acerca a Ezra y le da un gran abrazo.

—Gracias por el desayuno, Ezra.

La mujer se contiene un momento, luego le regresa el abrazo.

—De nada, Charlize.

—¿Me harás esto la próxima vez que desayune aquí? ¿Aunque no recuerde que lo comí hoy?

Ezra se encoge de hombros:

—Supongo.

—¿Sabes qué? —comenta Charlie al azar, mientras subimos las escaleras—. Creo que el dinero es lo que nos echó a perder.

—¿De qué hablas?

Llegamos a mi recámara y cierro la puerta después de entrar.

—Parece que éramos malagradecidos. Un poco malcriados. Tal vez nuestros padres no fueron muy buenos a la hora de enseñarnos un poco de decencia. Así que, en cierta manera… estoy agradecida de que esto nos haya pasado.

Me siento en la cama y la atraigo contra mi pecho. Ella descansa su cabeza sobre mi hombro y levanta su cara hacia la mía.

—Creo que tú siempre fuiste un poco más agradable que yo, pero no creo que ninguno de los dos pueda estar orgulloso de quienes éramos.

Le doy un beso rápido y recargo la cabeza contra la pared.

—Creo que somos producto de nuestro entorno. Inherentemente, somos buenas personas. Podríamos perder otra vez nuestros recuerdos, pero somos los mismos por dentro. De alguna manera, queremos hacer el bien. Ser buenos. En el fondo nos amamos. Mucho. Y sin importar lo que nos sucede, no ha cambiado eso.

Ella desliza sus dedos entre los míos y aprieta. Nos sentamos en silencio por un momento. Miro mi teléfono cada tanto. Quedan unos diez minutos antes de las 11:00 a. m., y ninguno sabe cómo usar ese tiempo. Ya hemos escrito más notas de las que podremos comprender en las próximas cuarenta y ocho horas.

Todo lo que nos queda es esperar.

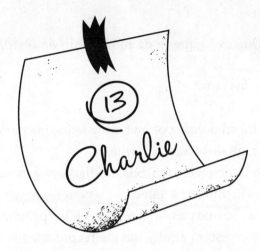

13

Charlie

Mi corazón late tan fuerte que está perdiendo el ritmo. Tengo la boca seca. Levanto la botella de agua que está en la mesa de noche y le doy un gran trago.

—Esto es aterrador —confieso—. Desearía acelerar los siguientes cinco minutos y terminar de una vez con todo esto.

Él se sienta más derecho en la cama y toma mi mano.

—Colócate enfrente de mí.

Lo hago. Ambos estamos con las piernas cruzadas en la cama, en la misma posición en que nos hallábamos en el cuarto de hotel dos días antes. Pensar en aquella mañana me da náuseas. No quiero aceptar la posibilidad de que en unos cuantos minutos, podría no saber quién es él.

Debo tener fe esta vez. Esto no puede seguir eternamente. «¿O sí?».

Cierro los ojos y trato de controlar mi respiración. Siento cómo una mano de Silas se eleva y aparta el pelo de mis ojos.

—¿Qué es lo que te da más miedo de olvidar? —pregunta.

Abro los ojos.

—A ti.

Él pasa su pulgar por mi boca y se inclina para besarme.

—Yo igual. Te amo, Charlie.

—Yo también te amo, Silas —digo sin la menor duda.

Cuando nuestros labios se encuentran ya no estoy asustada. Sé que pase lo que pase en los próximos segundos... Silas estará aquí y eso me reconforta.

Entrelazamos los dedos.

—Diez segundos —advierte.

Ambos respiramos a fondo. Puedo sentir que sus manos tiemblan, pero no tanto como las mías.

—Cinco... cuatro... tres... dos...

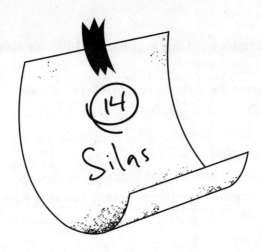

14
Silas

El único sonido que escucho es el palpitar de mi corazón. El resto del mundo permanece en un silencio escalofriante.

Mis labios aún descansan suavemente contra los de ella. Nuestras rodillas se rozan, tenemos los ojos cerrados, las respiraciones se entremezclan. Aguardo antes de hacer cualquier movimiento. Estoy seguro de que no perdí la memoria esta vez. Ya van dos al hilo… pero ¿qué pasa con Charlie?

Abro los ojos para ver qué hay en los suyos. Permanecen cerrados. La miro por unos segundos, espero nervioso su primera reacción.

«¿Me recordará?

»¿Tendrá idea de dónde está?».

Empieza a echarse hacia atrás, lentamente, y parpadea muy rápido para abrir los ojos. Hay una mezcla de miedo e impacto en su expresión. Se aleja unos centímetros más, estudia mi cara. Gira la cabeza y observa alrededor del cuarto.

Cuando me mira de nuevo, el corazón se me hunde en el pecho como el gancho de un ancla. «No tiene idea de dónde está».

—¿Charlie?

Sus ojos, bañados por lágrimas, se desplazan hacia los míos. Se cubre velozmente la boca con una mano. No sé si está a punto de gritar. Debí poner una nota en la puerta como la última vez.

Baja la vista a la cama y lleva su mano al pecho.

—Tú estabas vestido de negro —susurra.

Su mirada recae en la almohada junto a mí. La señala.

—Estábamos justo allí. Tú tenías una playera negra y yo me burlaba porque te quedaba muy ajustada. Dije que te parecías a Simon Cowell. Tú me echaste contra el colchón y luego… —Sus ojos encuentran los míos—. Y, entonces, me besaste.

Muevo la cabeza de arriba abajo porque, de alguna manera… recuerdo cada momento de esa anécdota.

—Fue nuestro primer beso. Teníamos catorce años —digo—. Pero quería besarte desde que teníamos doce.

Ella se vuelve a tapar la boca. Los sollozos agitan su cuerpo. Se lanza hacia delante, pasa sus brazos alrededor de mi cuello. La atraigo a la cama conmigo y todo regresa en oleadas.

—¿La noche en que te atraparon metiéndote sin permiso? —pregunta ella.

—Tu mamá me persiguió con un cinturón hasta que salí por la ventana de tu recámara.

Charlie empieza a reír entre lágrimas. La sostengo contra mí, con la cara presionada contra su cuello. Cierro los ojos y recorro todos los recuerdos. Los buenos. Los malos. Todas las noches que ella lloró en mis brazos por lo que sucedió con sus padres.

—Las llamadas telefónicas —murmura—. Cada noche.

Sé exactamente a qué se refiere. La llamaba por teléfono cada noche y platicábamos durante una hora completa. Cuando nuestros recuerdos nos dejaron, nunca pudimos descubrir de qué tanto hablábamos cada noche, si nuestra relación se estaba desmoronando.

—Jimmy Fallon —señalo—, los dos adorábamos a Jimmy Fallon. Te llamaba cada noche cuando empezaba su programa y lo mirábamos juntos.

—Pero no hablábamos —agrega—. Sólo mirábamos el programa juntos sin decir una palabra y luego nos íbamos a dormir.

—Porque me encantaba escuchar tu risa.

No sólo me inundan los recuerdos, también los sentimientos. Todos los sentimientos que alguna vez he experimentado por esta chica se desdoblan y, por un segundo, no estoy seguro de poder asimilar todo.

Nos abrazamos con fuerza mientras revivimos toda una historia de recuerdos. Pasan varios minutos mientras ambos reímos por los buenos, y luego más minutos mientras sucumbimos a los no tan buenos. El daño que nos provocaron nuestros padres. El que nos causamos a nosotros mismos. El daño que hemos provocado a otras personas. Sentimos cada parte de él, todo a la vez.

Charlie aprieta mi camisa con sus puños y entierra su cara en mi cuello.

—Duele, Silas. No quiero ser esa chica de nuevo. ¿Cómo podemos estar seguros de que no somos las mismas personas de antes?

Acaricio su nuca con mi mano.

—Pero *somos* esas personas. No podemos dejar de ser lo que hemos sido, Charlie. Pero podemos controlar lo que somos ahora.

Levanto su cabeza y sostengo su cara entre mis manos.

—Charlie, tienes que prometerme algo. —Limpio sus lágrimas con mi dedo pulgar—. Prométeme que nunca dejarás de amarme de nuevo. No quiero olvidarte otra vez. No quiero olvidar un solo segundo contigo.

Ella sacude la cabeza.

—Lo juro. Nunca dejaré de amarte, Silas. Y nunca olvidaré.

Hundo mi cabeza hasta que mi boca encuentra la suya.

—*Nunca, nunca.*

Fin

Epílogo
Veintitantos años después
Charlie

Silas va a traer la cena. Lo espero parada frente a la ventana de la cocina, mientras finjo lavar vegetales para una ensalada. Me gusta pretender que lavo cosas en el fregadero, sólo para verlo cuando aparece en el camino de la entrada.

Su carro se detiene diez minutos después; mis dedos están arrugados por el agua. Tomo un paño de cocina para secarme; siento esas malditas mariposas en el estómago. Nunca se van. Por lo que he oído, es algo extraño después de tantos años de matrimonio.

Los chicos salen primero del auto. Jessa, nuestra hija, y su novio, Harry. Por lo general, mis ojos se desviarían a Silas enseguida, pero algo hace que me quede observando a Jessa y a Harry.

Jessa es como yo: obstinada, habladora y huraña. Me hace reír con sus comentarios perspicaces. Me agrada Harry; han estado juntos desde el primer año de preparatoria y planean ir a la misma universidad cuando se gradúen el próximo año. Son el epítome del amor adolescente, siempre tienen ojos de borrego y no pueden dejar de tocarse, justo como solíamos ser Silas y yo. «Todavía lo somos». Pero hoy Jessa se aparta a un lado de la acera, con los brazos cruzados sobre el pecho.

Harry sale también del carro y va a pararse junto a ella. «Deben de estar peleando», pienso. A Jessa en ocasiones le gusta coquetear con el vecino y Harry se molesta.

Silas entra a la casa un minuto después. Me abraza por detrás, pasa sus brazos alrededor de mí y besa mi nuca.

—Hola, nenita Charlie —dice, inhalando conmigo. Me recargo en él.

—¿Qué pasa con esos dos? —pregunto, todavía mirando por la ventana.

—No lo sé. Estaban muy raros camino a casa. Apenas hablaron.

—Oh, oh —exclamo—. Debe ser por el vecino guapo de nuevo. —Escucho que la puerta del frente se azota y llamo a Jessa a la cocina—. ¡Jessa, ven aquí!

Ella entra, con gran lentitud, Harry no viene detrás de ella.

—¿Qué pasa? —la interrogo—. Pareces conmocionada.

—¿De verdad? —responde.

Miro a Silas y él se encoge de hombros.

—¿Dónde está Harry?

Jessa lanza un pulgar sobre su hombro.

—Él está… aquí.

—Muy bien, prepárense para cenar. Comeremos en cuanto la ensalada esté lista.

Ella asiente y yo podría jurar que está a punto de soltarse a llorar.

—Jessa —digo cuando se da la vuelta para retirarse.

—¿Sí?

—Estaba pensando que podríamos ir a Miami para tu cumpleaños el mes que viene. ¿Te suena bien?

—Claro —responde—. Estupendo.

En cuanto ella se va, me volteo hacia Silas que tiene el ceño fruncido.

—¿Miami? —opina—. No puedo tomar días libres en mi trabajo tan pronto.

—Silas —digo incisivamente—, faltan más de seis meses para su cumpleaños.

La línea entre sus ojos se relaja y su boca se abre.

—Ah, sí —aclara. Y entonces lo comprende de golpe—. Oh. *Oh.* —Se lleva una mano a la nuca—. *Mierda*, Charlie. No de nuevo.

AGRADECIMIENTOS

Gracias a nuestros lectores.
Ustedes representan todo en el mundo para nosotras.

Tarryn y Colleen

COLLEEN HOOVER

www.colleenhoover.com
www.facebook.com/AuthorColleenHoover
http://twitter.com/colleenhoover
http://instagram.com/colleenhoover

TARRYN FISHER

www.tarrynfisher.com
www.facebook.com/authortarrynfisher
http://twitter.com/DarkMarkTarryn
http://instagram.com/tarrynfisher